生徒会の周年

碧陽学園生徒会黙示録9

葵せきな

JN242460

ファンタジア文庫

2736

口絵・本文イラスト　狗神煌

生徒会の周年

碧陽学園生徒会黙示録9

ホワイトボード

生徒会長
桜《さくら》野《の》くりむ

三年生。外見・言動・生き様、すべてが
お子さまレベルという奇跡の人。
最近とみに幼児化が進んでいる

副会長
杉《すぎ》崎《さき》鍵《けん》

生徒会唯一の男で
ギャルゲ大好きな二年生。
生徒会メンバー全攻略を
狙……っていたはず

書記
紅《あか》葉《ば》知《ち》弦《づる》

くりむのクラスメイトで、
クールでありながら
優しさも持ち合わせている
大人の女性。
ただし激しくサド

副会長
椎《しい》名《な》深《み》夏《なつ》

鍵のクラスメイトで、
暑苦しいほどの熱血少女。
それでいて中身は
誰よりも乙女という
ある意味王道な人

会計
椎《しい》名《な》真《ま》冬《ふゆ》

一年生。深夏の妹で
当初ははかなげな
美少女だったが、
今や色々取り返しの
つかないことになっている

出入り口

これが生徒会室の配置よ!

「『ぶるーれい』って、
青いお化けのことだと思ってたよ……」

by会長

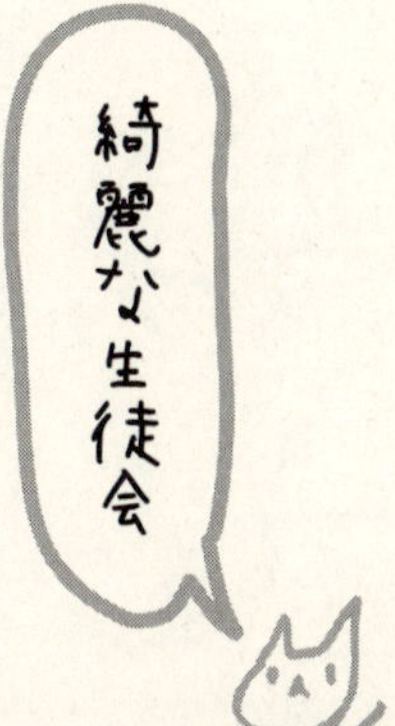

【綺麗《きれい》な生徒会】

「美しい思い出はいつまでも心の中に！」

会長がいつものように小さな胸を張ってなにかの本の受け売りを偉《えら》そうに語っていた。

というか、今日の言葉はまるでデジカメのＣＭだ。彼女は続けざまに議題をホワイトボードに書いて、会議を開始させる。

「というわけで、今回は生徒会のアニメがブルーレイディスク化するにあたっての対応を、あれこれと話し合いたいと思います！」

『はーい……』

議題に関しては特に異議を唱えることもなく一同受け入れるも、全員どこか表情は浮《う》かない。気付いた会長が「どうしたの？」と首を捻《ひね》る。俺は知弦《ちづる》さんや椎名《しいな》姉妹とアイコンタクトを交わした後、代表して話す。

「その……会長、笑わないで下さいよ？」

「？　どしたの杉崎《すぎさき》？　それに皆《みんな》も。そんな神妙《しんみょう》な顔しちゃって」

「えっとその……あのですね、非常に、言い辛《づら》いことなんですが……」

「うん？　なぁに？」

事情を全く察せていないらしい会長がくいっと首を傾《かし》げる。

俺はごくりと唾《つば》を飲み込み……皆もまた張《は》り詰《つ》めた様子で見守る中、遂《つい》に、その疑問を
……口にした。

「この生徒会って……つい先日卒業式やって、終わりませんでした……っけ？」

『…………』

場の空気が凍《い》てつく。そう……それは、この会議が始まって以降、会長以外の全員が抱《いだ》いていた共通の不思議な感覚だった。

なんか、時間が巻き戻《もど》った気がする。

最初は俺だけの、それこそ「デジャビュ」的錯覚《さっかく》現象かなとも思ったのだが、会長以外の全員が俺と全く同じ顔で呆《ほう》けていたため、これはただごとじゃないと察したのだ。

しかし、会長は一人きょとんとし続ける。どうやら彼女だけはこの不思議感覚にとらわ

れていないようだ。「うーん？」と悩《なや》んだかと思うと、すぐになにかピンと来たようで、けらけらと笑いながら、その衝撃《しょうげき》的事実を口にする。

「ああ、それは多分、夢だよ、夢！」

『夢⁉』

そんな簡単な一言で片付けられるとは！　俺達は心外だという表情で会長を見つめるも、しかし会長は全く譲《ゆず》らなかった。

「だって実際問題、日付的には卒業式までまだちょっとあるわけだし」

「そ、そりゃそうなんだけどよ……。け、けど……」

深夏《みなつ》が戸惑《とまど》いの表情を浮かべる。

そう、それは俺達も分かっているんだ。頭じゃ理解しているんだ。いるんだが……。

会長だけが一人、全て納得したような笑顔で話を進めた。

「それに、今日は私が掃除《そうじ》で遅《おく》れて来たわけだけど、生徒会室来たら、皆机に突《つ》っ伏《ぶ》して寝《ね》てたじゃん」

「そう……だったかしら？」

知弦さんが自信なさげに俺達を見渡《みわた》す。

い、言われてみれば、そうだった気もする。そう、卒業式も差し迫《せま》ったこの時期、昨日は夜遅《おそ》くまで生徒会室の掃除……というか改装をしていて、今日はメンバー全員、一日中物凄《ものすご》く眠《ねむ》かったのだ。会長はと言えば授業中にぐーすか寝て元気みたいだが、他の四人は全員根が真面目《まじめ》だから、授業中に寝るなんてことも出来ず。結果、生徒会室で会長を待っている間に、四人ともぱたりと……。

「確かに真冬《まふゆ》達、寝ていたかもです。かもですが……」

どこか納得いかない様子の真冬ちゃん。俺達全員全く同じ気持ちだ。しかし会長は可笑《おか》しそうに笑うのみ。

「最近は卒業式の話題ばっかりだったからね！　皆して卒業式の夢見ても、全然不思議じゃないよ！」

「う……それは、そうなんスけど……！」

なんか……全然納得いかない！　俺はこの感情をどうにか会長に伝えようと反論を試みる！

「それにしたって、夢にしてはあまりにリアルだったたっつうか……！」

「そうなの？　どんな卒業式だった？」

「それは、確かまずリリシアさんが…………。…………あれ？」

なんだ、さっきまで凄《すご》く明確に残っていたイメージが、波に攫《さら》われる砂絵の如《ごと》く消えていく！

「リリシアが、どうしたって？」

「リリシアさんが……えっと……半裸《はんら》で俺に馬乗りになって『杉崎鍵《けん》、貴方《あなた》は私専用のポニーですわぁん』とかなんとか……」

「それどう考えても杉崎の夢だよねぇ⁉」

俺の夢説明に、深夏が「いやいや、違《ちげ》ぇだろ」と口を挟《はさ》んでくる。

「あたしは鮮明《せんめい》に覚えてるぜ、卒業式！　確か……卒業式当日、空は釘《くぎ》一つ無いベニヤ晴れ。五と三分の一の太陽がギンギンと照りつけ、春の息吹《いぶき》たるカモノハシが野から次々と嘴《くちばし》を芽吹《めぶ》かせる中、コロポックル広場にて碧陽《へきよう》学園の卒業式が行われたんだ。順番に呼ばれたマネキン達が、齢《よわい》八万八千八百八十八歳を誇《ほこ》る老亀《ろうがめ》の背にて次々と脱皮《だっぴ》し蝶《ちょう》へと至るのを、あたしはドドドン・ガギラ様と感涙《かんるい》しながら見守り――」

「もう完全に夢じゃない！　これ以上ないぐらいに深夏の夢じゃない！　むしろどうしてそれを現実だと思い込んだの⁉」

深夏の夢話にトドメを刺《さ》される結果となり、俺達は反論の術《すべ》をなくす。確かにこれは……どう考えても夢だ。しかし何だ、この妙《みょう》なしこりは！　なんか納得出来ない！

そんなわけで結論が出ても尚《なお》、真冬ちゃんがしかめっ面《つら》で食い下がった。

「やはりこれは、ただの夢と片付けたくないです！　真冬も、もう正直あんまり内容覚えてないですが……ないですが！　なんか物凄く感動的な卒業式やった気がしますです！」

真冬ちゃんの熱に、会長は露骨《ろこつ》に面倒臭《めんどうくさ》そうな顔をした。

「そんなこと言っても、夢は夢でしょ。いい加減、議題の方に……」

「ハッ！　そうです！　あれはきっと、別の世界線での出来事だったのです！　真冬達全員に、リーディン○シュタイナーが発動したのだと考えれば――」

「考えれば？」

「――この世界線では、真冬達全員殺されてしまう可能性高し！」

「なんで⁉　どうして卒業式を目前にそんな不吉《ふきつ》なこと言うの⁉　ねぇ⁉」

「会長さん知らないんですか？　並行世界モノって、一つを除いて大概《たいがい》の分岐《ぶんき》世界がロクでもない展開なんですよ。となると、あっちがハッピーエンドな分、こっちは……」

「やめようよその解釈《かいしゃく》！　っていうか、夢の方はハッピーエンドだったたって言うけどさ。それって、具体的にはどういうのなの？」

会長の質問に、真冬ちゃんが考え込む。俺達も頑張《がんば》ってそれを思い出そうとしていた。

確か……うろ覚えではあるけど……ざっくり言うなら……。

「先輩《せんぱい》の……ハーレムエンドみたいな？」

「いやいやいや、それはどう考えてもバッドエンドじゃない⁉」

なんと心外な！

「い、言われてみればそんな気も。……だったらこっちの世界線、大丈夫《だいじょうぶ》かもです」

真冬ちゃんどころか、全員がホッと胸を撫《な》で下ろしていた。……なんか超《ちょう》心外なんですけど！　なんで俺のハーレムエンドがバッドエンド扱《あつか》いなの⁉

正直まったくもって納得いかなかったが、これ以上ごねてたらいつまで経《た》っても議題に辿《たど》り着けないため、ここはぐっと堪《こら》えることにする。……正直、時間の経過と共に卒業式の記《き》憶《おく》も殆《ほとん》ど消えてしまったからな……もういいや。

そんなわけで、知弦さんが会議の仕切り直しを図《はか》った。

「それで、ブルーレイディスク化、だったかしら？」

知弦さんの言葉に、会長が元気よく頷《うなず》く。

「そう！　今回アニメ版『生徒会の一存』の、ブルーレイディスク化が決定したのよ！」

「あれ？　前にDVD化してたじゃねえか。それと何が違《ちが》うって……」

「ふ、甘いわね深夏！　DVDとブルーレイじゃまるで違うのよ！」

「違うって……何が？　あたしその辺よく分からねーんだけど……」

「それはね、深夏。DVDとブルーレイでは……」

「ふんふん」

「生地《きじ》が違うのよ！」

「生地!?」

深夏が目をまん丸にして驚愕《きょうがく》する。ちなみに俺、知弦さん、真冬ちゃんの三名はすっかり呆《あき》れ顔だ。ただ、全員ツッコむのが面倒なのでしばし放置。

「薄力粉《はくりきこ》で作るのがDVD。強力粉《きょうりきこ》で作るもちもち食感な方が、ブルーレイよ！」

「なんてこった！　そりゃ全然違うじゃねえか！」

うん、全然違う。というかそれは多分クレープだ。というわけで、ブルーレイのなんたるかを知らない二人に、真冬ちゃんがきちんとブルーレイの概念《がいねん》を教え込む。

「いいですか、お二人とも。細かいこと全部飛ばして端的《たんてき》に言いますと、DVDより容量が大きく、そのため画質や音質が大きく向上しているものが、ブルーレイディスクです」

「どっちがもちもちしてるんだ？」

「うん、その基準は一旦《いったん》忘れようねお姉ちゃん。こほん。そんなわけで、最近だと過去にDVD化されていても、更《さら》に綺麗《きれい》な映像で見たいというニーズに応《こた》えるため、ブルーレイディスク化されることが多いのです」

「パリパリ食感もいいけど、もちもち食感もね、ということだよね」

「もうそれでいいです」

「諦《あきら》めないでやってよ真冬ちゃん！」

そんなわけで、もう一度しっかりと二人にDVDとブルーレイの違いを教え込み、「綺麗なのがブルーレイ」ぐらいの認識までようやく持っていったところで、知弦さんが疑問を口にする。

「それで、ブルーレイ化はいいけど……私達は、特にすること無いんじゃないかしら？元々ある映像の、記録媒体《ばいたい》変えるだけなわけでしょう、アカちゃん」

もっともな疑問だ。それに対し、会長は胸を張って答えた。

「折角だから、付加価値をつけてこその、ぶりゅーれい！」

「付加価値？」

嚙《か》んだことには特に触《ふ》れないで知弦さんが訊《たず》ねる。

「そう、付加価値！　折角改めてもう一度出るんだもん！　それを買ってくれようという人に対しては、こちらも誠意をもって臨《のぞ》まないとだよ！」

「なるほど」

それは確かに一理ある。全員が納得する中、会長は今日の具体的議題を提示した。

「そんなわけで、今日は、ブルーレイ化にあたって私達は何をするか、何が出来るかを、話し合いたいと思います！」

『はーい』

「じゃ、何かいい案ある人！　はーい！」

自分で呼びかけておいて、自ら手を挙げる会長。知弦さんに「はいアカちゃん」と促《うなが》され、一つ咳払《せきばら》いしてから、会長は提案してきた。

「画質が綺麗になると同時に、私の頭身もバストも全部向上させる！」

「そんなネタ、まさにアニメ内でもやりましたよねぇ!?」

俺のツッコミに、会長は舌打ちをする。そうして、辺りを見回して自分の意見が通りそうもないと見るや否や、露骨にやる気を失って続けてきた。

「じゃ、布団《ふとん》圧縮袋《ぶくろ》でいいよ。はい会議しゅーりょー」

「テキトーな特典にも程がある！　ちゃんと会議に臨んで下さい！」

「じゃあ桐箪笥《きりたんす》で」

「同じです！　絶対要《い》らないでしょう、購入者《こうにゅう》の方！　もっと購入者の目線に立った、貰《もら》って嬉《うれ》しいものをですね――」

「じゃ、アマ○ンのギフト券とかiT○nesカードで」

「すげぇ購入者目線には立ったけども！　リアルに役立つけども！　今度はなんか冷たすぎるでしょう！」

「そう言われてもさ。じゃあ……たとえば知弦は何がいいと思うのさ、付加価値」

会長に話を振《ふ》られ、知弦さんは「そうね……」と人差し指を顎《あご》にやる。数秒後、彼女は考えがまとまった様子で喋《しゃべ》り出した。

「私もアカちゃんが最初に提案した、頭身変更は方向性としてはアリだと思うわよ。週刊連載漫画《れんさいまんが》がコミックで加筆修正されたりするのと同じで、アニメがDVD化される時とかも、修正されることあるでしょ？　放送コードとか気にしなくていいから。ね、キー君」

「それは確かに……」

つい自分がDVDで買ってしまっているアニメタイトルを連想する。

……………………湯けむりカット……………………ぽっち修正……………………。

……ぐふ。それはテレビじゃとても見せられないような要素の解禁。つまり……。

「グロ描写《びょうしゃ》解禁とかどうかしら」


「そっちかよ！」

ピンク色気分が一瞬《いっしゅん》で吹《ふ》き飛んだ！　知弦さんは恍惚《こうこつ》とした表情で続ける。

「キー君の体が壊《こわ》れ、キー君の脳漿《のうしょう》が飛び散り、キー君の腸が舞《ま》い踊《おど》る。……いいわ」

「良くないですよ！　っていうかなんで俺だけがグロ担当なんですか！」

「基本的に深夏の暴力描写をハードにする方向性だからよ。彼女がキー君の顔を殴《なぐ》れば頭が吹き飛び、腹を殴れば風穴《かざあな》が開くし、横薙《よこな》ぎに蹴《け》れば真っ二つ。そんな感じで」

「むしろあたしの方が凄《すげ》え残酷《ざんこく》な人間に見えてマイナスイメージじゃねえか！」

俺と深夏の両名から猛抗議《もうこうぎ》を受け、知弦さんは「仕方無いわね」と溜息《ためいき》を吐《つ》きつつ引き下がる。そうして、渋々《しぶしぶ》の第二案といった感じで再び口を開いた。

「じゃあもう、ちょっとした追加描《か》き込みでいいわ。ぽつんと一部を描き込むだけで、視《し》聴《ちょう》者大喜び。作業量少ないのに最大の効果が得られる魔《ま》法《ほう》の修正」

「そ、それって……」

遂《つい》に……遂にぽっち修正の提案か！　思わず前のめりになる俺に、知弦さんが優しく微《ほ》笑《ほ》《え》みながら告げる。

「そう、さりげない心《しん》霊《れい》要素の追加よ！」

「誰《だれ》が喜ぶんですか！」

「ふとした何気ないコメディパートの一場面、アカちゃんの左《ひだり》肩《かた》の上に着目すると……彼女の首筋に半分隠《かく》れるようなカタチで、こちらを凄《せい》絶《ぜつ》な形《ぎょう》相《そう》で睨《にら》み付ける青白い顔が……」

「うにゃぁあああああああああああああああああ!?」

唐《とう》突《とつ》に会長が席から立ち上がり、部屋の隅《すみ》に丸まるようにしゃがみ込む。

「やめて下さい知弦さん！　会長が怯《おび》えているじゃないですか！」

「…………（ゾクゾク）」

「ああっ！　知弦さんがゴンの成長を見守るヒ◯カみたいな表情に！」

「やっぱりいいわね……心霊要素の追加」

「だから良くないですって！　知弦さん以外の誰が惹《ひ》かれるんですかその特典！　全然購《こう》買意欲《ばいいよく》に繋《つな》がらないと思うんですが！」

「あ、大丈夫よキー君。事前告知や説明なしで入れ込むだけだから。問い合わせも受け付けず、制作サイドとしても『そんなのうちは知らないですが……』の一点張りだから」

「すげぇタチ悪いじゃないですか！　見付けた人、超怖《ちようこえ》ぇじゃないですか！」

「ブルーレイ版購入者だけの特権よね」

「恩を仇《あだ》で返すにも程があります！　んなもん当然却下《きやつか》です却下！」

「仕方無いわね。……じゃあ修正は全話通して一箇所《かしよ》だけにしておくわ」

「複数あるより余計リアルで怖《こわ》いですよ！　一箇所も無しです！」

　そんなわけで、知弦さんの提案も却下。会長が半べそかきながら席に戻《もど》ってきたところで、今度は真冬ちゃんが挙手してきた。しょんぼりした会長の代わりに俺が「どうぞ」と会議を進行させる。

　真冬ちゃんは議題が自分の得意ジャンルだからか、いつもの三割増しぐらいに表情を明るくして告げてきた。

「ゲームつけましょうですっ、ゲームっ！」

「なんか予想通りの意見だなぁ。まあ桐箪笥つけるよりは全然アリだけど」

「はいです！　最近じゃマク○スやガ○ダム等、ゲームとアニメが一緒《いっしょ》になったパッケージも沢山《たくさん》ありますから！　真冬達もそれをやるべきです！」

「まあいいけどさ。でも俺達のゲームって……なに、『DSする生徒会』でもつけ――」

「『十異世界《とおい》』つけましょう！」

昨日の掃除《そうじ》中に発見したディスクをババーンと掲《かか》げる真冬ちゃん。意気揚々《いきようよう》といった様子の彼女に対して、他役員はと言えば……全員、若干渋《じゃっかんしぶ》い顔だった。

知弦さんが気まずそうに告げる。

「私達的には『十異世界』面白《おもしろ》いけど……流石《さすが》に商業作品として出すのは躊躇《ためら》われるクオリティというか……」

「そんなこと言い出したら、先輩《せんぱい》の小説だって商業クオリティじゃないと思います！」

「なんか急に俺ディスられた！」

いや確かに俺は執筆素人《しっぴつしろうと》だけども！

ショックを受ける俺を不憫《ふびん》に思ったのか、深夏がフォローに回ってくれる。

「い、いや、確かに鍵は執筆素人だし、文章レベルが高いとは言わねぇけどさ。それでもほら、『十異世界』と違《ちが》って、狗神《いぬがみ》さんのイラストだったり、富士見《ふじみ》ファンタジア文庫の協力だったりで、その、体裁《ていさい》は整っているじゃねえか。商業作品として」

「……まあ、それはそうですね……。あ、じゃあ――」

「じゃあ？」

「リメイクして貰いましょうです！　スク〇ア・エ〇ックスさんに！」

『無理だよ！』

全員で即座《そくざ》に否定するも、真冬ちゃんは譲《ゆず》らない。

「何故《なぜ》ですか！　名作リメイクはスクエニさんの十八番《おはこ》じゃないですか！」

「真冬ちゃんの中じゃ『十異世界』は名作カテゴリなのかよ！　っていうか、あんなしょーもないゲーム、スクエニさんに限らずどこもリメイクなんかしてくれないだろ！」

「やってみなけりゃ分からないじゃないですか！　そうです！　クリエイターさん個人ならば、真冬達のゲームに興味を示してくれるかもしれないです！　早速《さっそく》メールです！」

「ま、まあ、中にはああいうの好きな同人クリエイターさんとかもいるだろうけど……」

「えーと……『拝啓《はいけい》　ウィル・ラ〇ト様』……と」

「なんでまさかのシ○シティ開発者なんだよ！　大物狙《ねら》いすぎる！」

『……ちなみに男の子同士の恋愛《れんあい》要素もふんだんに盛り込んでいきたいと考えて――』」

「リメイクに際して典型的な改悪入ってんじゃないかよ！　どうせウ○ル・ライトさんに依頼《いらい》するなら、ファンタジー・ワールド・シミュレーション的な要素とかをだな――」

「というか二人とも、これあくまでブルーレイの特典の話だということ忘れてない？」

『う！』

知弦さんに指摘《してき》されてはたと気付く。真冬ちゃんは恥《は》ずかしそうに引き下がった。……確かに今のままいくと、ブルーレイの方がおまけ扱《あつか》いになりそうな勢いだった……。ツッコミ役として俺も恥ずかしい。

真冬ちゃんの提案が終わったところで、今度は深夏が口を開く。

「桐箪笥とかゲームとか、そういうのつけるだけってのもなんだかな。折角映像綺麗《きれい》になるっつーんだったら、もっとやることあるだろう？」

「っていうと？」

「んなもん、綺麗になって見栄《みば》えする映像を入れることに決まってるだろう！」

「おお！」

ここに来てなんてまともな意見！　全員の関心が高まる中、深夏は椅子《いす》から立ち上がり、拳《こぶし》を掲げ……自信満々に、その具体的提案を告げる！

「『Ｆａｔｅ／Ｚｅｒ○』入れておこうぜ！」


『駄目《だめ》だよ！』

全員が全力でツッコむ。しかし深夏はキョトンとするばかりだった。

「なんで？　映像めっちゃ綺麗じゃん、『Ｆａ○ｅ／Ｚｅｒｏ』」

「そういう問題じゃねえよ！　なんで生徒会のブルーレイに他作品入ってんだよ！」

「視聴しての違和《いわ》感《かん》は全然無いから大丈夫《だいじょうぶ》。なんせ中身は全編『Ｆａｔｅ／Ｚｅ○ｏ』だかんな！」

「じゃあもうそれは『Ｆａｔｅ／Ｚ○ｒｏ』のブルーレイだよ！　生徒会無関係！」

「安心してくれ、あくまでパッケージは生徒会さ！」

「最早《もはや》ただの詐欺《さぎ》じゃねえか！　『Ｆａ○ｅ／Ｚｅｒｏ』収録は却下！」

「ええー。仕方無《ね》ぇな。だったら、『まどか☆マ○カ』でもいいよ」

「そういう問題じゃねえんだよ！」

「だったら『Ｐｈａｎｔ○ｍ』で……」

「さてはお前虚〇玄が好きなだけだな!? なぁ!?」

「そ、そんなことねぇよ。誰それ、全然知らな——」

そう深夏がとぼけかけた瞬間《しゅんかん》、知弦さんが鞄《かばん》からガサゴソとなにやら取り出した。

「そうそう深夏、この前『知弦さんにぴったりだと思う』って言って貸してくれたこのゲーム、確かに面白かったわ。ありがとう」

「へ? ああ、だったら良かった——」

そう言って手渡《てわた》されたゲームのパッケージには、しっかりと『沙耶〇唄』というタイトルが……。

「やっぱり虚淵〇ファンじゃねぇかよ! いや確かに知弦さんにはぴったりのチョイスだけども! その選別眼はイチ・エロゲファンとしても評価するけど!」

「だろう! あれは熱血系じゃねーけど、あたしの夢に近くて凄ぇ好きなんだよ!」

「なんかイヤだなその評価基準! なんにせよ、お前やっぱり自分の好きな作品を高画質で見たいだけだろ! そんなの生徒会でやるな! 各作品のブルーレイ買え!」

「違うんだよ! あたしはただ、生徒会のブルーレイにそれらの作品を収録し、後に関係者面《づら》することで、作者さんに会って喋《しゃべ》ったりしてぇなっつう、ピュアで美しい願いから提案しただけなんだよ!」

「これ以上無いぐらい邪《よこしま》な動機じゃねえか！　んなもん当然却下だ却下！」

「ちぇー」

すごすごと引き下がる深夏。嘆息《たんそく》し、やれやれといった素振《そぶ》りを見せる俺。そのままの勢いでサラッと会議進行。

「――というわけで、生徒会のブルーレイには『緋弾のア○ア』と『灼眼の○ャナ』と『ゼ○の使い魔』と『と○ドラ！』を収録することに決定――」

「お前こそ釘宮○恵さんに会おうとしてんじゃねえよ！」

「べ、別に俺声優さんとか興味ねぇし！　釘なんとかって誰のこと？……このバカ犬ぅ！」

「完全に釘宮病患者《かんじゃ》じゃねえか！　お前がそういうつもりなら、あたしだって――」

『ごほん！』

議論をヒートアップさせてたら他の三名に思い切り咳払《せきばら》いされてしまった。これには流石の深夏と俺もクールダウンし、恥ずかしさから縮こまる。……やべぇ、なんか途中《とちゅう》から他作品収録に関してはよしとした上で喋ってた……。

反省していると、真冬ちゃんが「先輩は」と改めて俺に話を振《ふ》ってくる。

「何か提案無いのですか？　真冬達の意見に乗っかったヤツじゃなくて、先輩発信のものというか……」

「え、そんなのぼっち修正——は無いですよねすいませんごめんなさい」

全員の視線が本気で殺意を孕《はら》んでいたため、即座に謝る。まあ確かに俺もアニメ版で自分の局部を描《か》き込まれていたら怒《おこ》る——いや、意外と興奮するか？……ご、ごほん！

「そうだなぁ、ブルーレイ特典ねぇ……」

「先輩の好きなアダルトゲームとかだって、色んな特典つくじゃないですか？　先輩だったら、どんな特典が嬉《うれ》しいですか？」

「え、そうだな、俺はゲームそのもの以外あんま興味無いタイプだけど……。そういう意味じゃ、追加データの入ったアペンドディスク付きとか超嬉しいかな」

「なるほど、それは真冬もちょっと分かりますです」

「あー、でもあれって、初回限定版が手に入らなかった時はその分悔《くや》しいけどな！　そして手に入っても、結局すぐに公式ＨＰでそのデータ無料配布とかされてて『じゃあなんのための初回特典だよ！』と悔しがることもあるがな！　複雑なユーザー心理さ……」

「そ、そうですか」

いかん、俺の「エロゲあるある」に流石の真冬ちゃんも若干引いている。俺は一つ咳払いして、話を切り替《か》えた。

「そういう意味じゃ、やっぱ作品の延長線上のもの欲しいよな。布団《ふとん》圧縮袋《ぶくろ》とか論外なのは勿論《もちろん》、ファンアイテムにしたって、公式感漂《ただよ》うものの方がいいっつうか……」

「公式感ねぇ」

俺と真冬ちゃんの会話に耳を傾《かたむ》けていた会長がふむふむと考え込む。胸の前で腕《うで》を組んで悩《なや》むこと数秒、彼女は思いつき感丸出しで告げてきた。

「杉崎の持ってるエロゲにサイン入れて配布でいいんじゃない？」

「なんで俺が身を切らなくちゃいけないんですか！」

あまりの意見に憤慨《ふんがい》する俺。しかし他役員が意外と乗り気なようで……。

「『鍵を一発殴《なぐ》れる券　百枚綴《つづ》り』とか良くね？」

「握手《あくしゅ》会感覚で何言い出してんの!?」

「それだったら、『先輩とキスできる券　百枚綴り』がいいです！」

「ま、真冬ちゃん！　キミはなんていい子――」

「ただし男性に限る！」

「うん分かってた！『なんていい子』とか言いながら、正直気付いてた！」

「キー君の指を二十本限定でつけるとかもいいわね」

「歴史上稀《まれ》に見る猟奇《りょうき》的特典！　身を切るにも程があるわ！　色んな意味で！」

いかん、発想がどんどんエスカレートしてきてやがる。このままじゃそのうち体を解体されかねないぞ、俺！

ここはもう、さっさと結論めいたこと言って、早急に会議を終わらせにかからねば！

俺は今までのこの手の会議例を思い返し、経験上最も通りやすいと考えられる、オーソドックスなオチを口にすることにした！

「じゃあ、この会議模様を小説にして特典にするということで、ここは一つ！」

俺は「秘技・生徒会の特典によくあるオチ！」を発動させ、議題を強制的に終わらせにかかる！

それに対して役員達は――

『却下《きゃっか》』

「ええ!?」

こちらの下心を完全に見透《みす》かした目で否定してきやがった！　ちきしょう！

彼女達は口々に俺の提案を罵倒《ばとう》する。

「なんか杉崎が小説書いて終わりってオチ、正直見飽《みあ》きたっていうか」

「キー君一人じゃなくて、生徒会の会議がすべったみたいになるのもねぇ」

「なんか無難で熱が感じられねーよな、その手のオチ」

「先輩《せんぱい》は下の下《げ》のクリエイターですね！」

「言いたい放題かっ！」

何がいけないんだよ、オーソドックスなオチ！　世の中の作品全てに意外なオチがついていなきゃいけないのかよ！　っていうかこの一年で俺がどんだけ生徒会の記録を小説化してると思ってんだ！　トータルしたら百本以上は書いてんだぞ、ただの会議模様！　毎回まったくかぶらないオチなんかつけられるかってんだ畜生《ちくしょう》！

頭を抱《かか》え込む俺に対し、役員達は揃《そろ》って溜息《ためいき》を漏《も》らすと、俺を無視して会議を進め出した。

「まあ杉崎いじめてスッキリしたのはいいけど、実際問題今までの提案の中じゃ書き下ろし小説が一番優秀《ゆうしゅう》だよね」

『だよね（ですよね）』

「おいコラ待てよ美少女共。なんだよその嬉しくないツンデレ対応は！　だったらなんで一回俺をフルボッコにしたんだよ！」

「え、ブルーレイまで買ってくれる熱心な読者さん達の代弁的な理由かな」

「そんな風に言われたら俺、何も言えない！」

思わず両手で顔を覆《おお》っておいおいと泣く。それずるくない!?　その言い方、なんか超《ちょう》ずるくない!?

俺の心の傷はさておき、こうして最後の砦《とりで》たる特典小説案まで却下となると、いよいよもって会議が行き詰《づ》まってしまった。

静まりかえる生徒会室の中、深夏がぽつりと、独り言のような呟《つぶや》きを漏らす。

「……一年、か」

「へ？」

呟きに俺が反応すると、彼女は少し照れた様子で喋り出した。

「いやさ、この一年、色んなことあったなって」

「どうしたんだよ、急に」

「あー、さっき卒業式の夢見たからかな。ちょっと色々振り返っちまってさ。で、思えば、勿論全部が全部じゃないけど、小説の読者さんとか、アニメ版見てくれている人なんかもさ。この一年を……あたし達の思い出を、共有してくれてんだよなって。なんか不思議な感慨《かんがい》にふけっちまって」

「ああ……なるほど」

確かに、改めて考えてみるとなんだか凄《すご》く不思議だ。今や、俺達の思い出は俺達だけのものじゃ、ない。それこそさっき俺が愚痴《ぐち》ったように、トータルしたら生徒会活動だけでも百本以上……殆《ほとん》ど全ての活動記録を小説にしているわけで。

「それこそ、真冬達の活動を綺麗《きれい》な映像で見たいって思ってくれる人までいてくれるから、ブルーレイ版も出るんですよね。……なんだか、恐縮《きょうしゅく》です」

そう言って恥《は》ずかしそうに縮こまる真冬ちゃん。それに対し、知弦さんが慈愛《じあい》に満ちた微笑《ほほえ》みを浮《う》かべて、告げる。

「でも、とってもありがたくて……幸せなことね、それは」

「そう、ですね」

はにかむように笑う真冬ちゃん。俺達も思わず微笑んでしまう。

……この生徒会を大事に思っている人が、俺達以外にも、いる。

それは、なんて、勇気づけられる事実なのだろう。

　卒業式を目前に、常にどこか切ないムードの漂っていた生徒会に、温かい空気が流れる。

　会長はそんな俺達を見渡《みわた》すと、自身もまた柔《やわ》らかく微笑んで……どこか照れた様子で、告げてきた。

「なんか……特典をつけようって話をしてたはずなのに、結局、私達の方が色々貰《もら》った感じになっちゃったね」

「ははっ、そうですね」

　生徒会室に和《なご》やかな笑いが溢《あふ》れる。いつ以来だろう、こんなにも、一切別れを意識せずに笑い合えたのは。

　会長は「よしっ！」と何か決断した様子で仕切り直すと、すっきりした表情で告げる。

「今日の会議はこれにて終了《しゅうりょう》！　結論は保留！　今日は各自いい気分で過ごすべし！」

『はい！』

　結論保留という、生徒会史上初めての事態だというのに、俺達に異論は全く無かった。

　卒業式まであと少し。もう俺達の時間は少ない。生徒会として、出来る事も。

　そんな俺達に出来る事と言えば――

「じゃ、余った時間は雑談ターイム！　そんなわけで知弦、うさまろ開けて、うさまろ！」

「はいはい、しょうがないわね、アカちゃんは。はい、うさまろ」

「お、あたしも一個もーらい！」

「あ、真冬にも一口下さいです」

「あー！　どうして私の許可なくうさまろ食べちゃうのさぁ！　かーえーせー！」


——最後のひとときまで楽しい活動を続け、記録し、そして残すことだよな！


「おっと、会長、隙《すき》ありです！」

「にゃ、杉崎⁉　ちょ、とらないでー！　私のうさまろ、とらないでー！」

「いやアカちゃん、それ、私が用意したうさまろなんだけど……」


私立碧陽学園生徒会。

そこには、たとえ別れを前にしても、変わらず笑い続けられる役員達がいる。

・・・

「あ、杉崎、それはそれとして小説はつけるから書いておくよーに」

「結局つけるんかい！」

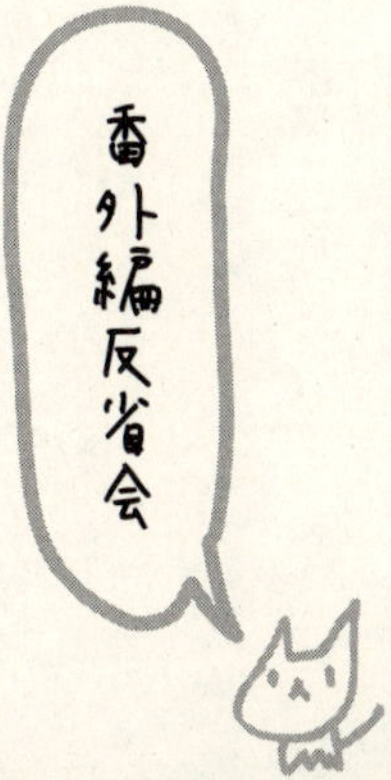

「俺のいないところで何話してんだよ……」

by杉崎

【番外編反省会】

＊　碧陽《へきよう》学園第二次会において本編では語られることのなかった、とある時間、とあるテーブルでのやりとり。

巡《めぐる》「それにしても、もうちょっと出番あったっていいわよね」
守《まもる》「？　何の話だ、姉貴」
巡「小説の話よ、小説の話！　生徒会が出してるやつ！」
善樹《よしき》「ああ、ボクもちょっと書かせて貰ったやつのことだね。……ん？　でもあれ、ボク達結構出番あった気がするんだけど……」
巡「全然よ、全然！　あんなんじゃ全然足りないわ！　実際生徒会なんて、あの五人の日常だけで本編十巻どころか、番外編シリーズも五割ぐらいページ持っていってんのよ！　もっと私達の日常も小説にしろっつうの！」
守「いや、そもそもありゃ生徒会の活動記録っつう名目で始まってるもんだしなぁ」
巡「どんな企画《きかく》意図で始まろうと関係無いわよ！　遊〇王の序盤《じょばん》とか見なさい！　デュエ

ルモ〇スターズのデの字も無いじゃない！」
善樹「そ、それとはまたちょっと違《ちが》うような……」
巡「なんにせよ、私達はもっとフィーチャーされていいと思うわけよ！　結局最後まで本編出られなかったし！」
守「んなこと言ったって本編は完全に生徒会の話だかんなぁ」
巡「藤堂先輩《とうどうせんぱい》とか出てるじゃない！」
善樹「ああ、言われてみればそうだね」
巡「善樹だって、出てるっちゃ出てるじゃない！　序盤の妄想《もうそう》で！」
善樹「ええ？　あ、あれを出演と数えられるのはなんか納得いかないけど……」
巡「とにかく、私は断固として扱《あつか》いの改善を要求したいわけよ！　もっと出番を増やせと！　ね、アンタもそう思うでしょ、さっきから一心不乱にサラダ食べてる水無瀬流南《みなせるな》！」
流南「もしゃ？……………こくん。いえ特には」
巡「なんでよ！　アンタなんて実質番外編一話ぐらいしか出てないじゃない！」
流南「それはそうですね」
巡「もっと目立ちたいとか思わないわけ⁉　杉崎《すぎさき》ともっと絡《から》みたいとかさ！」
流南「…………う」

巡「どしたの？」

流南「いえ……『杉崎君と絡む』という単語に、ちょっと吐《は》き気《け》が……」

巡「アンタどんだけ杉崎嫌《きら》いなのよ!?」

流南「そもそも、小説に出たいと思ったことがありませんね。しかしとりわけ出演を控《ひか》えたい理由もありませんので、書かれることを断わりもしませんでしたが」

守「お、それにはオレも同意だな。小説なんか出なくてもオレの人生に影響《えいきょう》な――」

巡「いやアンタはそんなんだから深夏《みなつ》にフラれたんでしょ」

守「――――」

善樹「ああっ！　守君が石に！　そして例のごとく砂にぃぃ！」

巡「杉崎とアンタの一番の違いが分かる？　それは……小説への出番の多さよ！」

守「なん……だと……？」

巡「当然でしょ。アンタが語り部《べ》やってれば、この勝負、九割方アンタの勝ちよ」

善樹「なんか現実と小説がごっちゃになったロジックだね……」
守「オレが主人公なら……確かに。深夏はオレと付き合うのが極《きわ》めて自然な気がする！」
巡「そうよ！　アンタ目線でラブコメ書いてたら、杉崎鍵《けん》なんて、とことん最低のナンパ軽薄豚野郎《けいはくぶたやろう》でしかないわよ！」
善樹「自分の好きな人のことをよくそこまで言えるね！」
流南「確かに杉崎君の小説内評価は高すぎますね。本来『不良C』あたりが関の山な人材なのですが」
巡「ちょっとアンタ、私の杉崎ディスってんじゃないわよ、ああん⁉」
流南「貴女《あなた》のスタンスが分かりません」
守「しかし……確かにそうだ。杉崎のヤツ、考えてみりゃ最低のキャラじゃないか！　オレ、ついさっきまで普通《ふつう》に自分のことサブキャラどころかモブキャラだと自覚してたから、全然気付かなかったぜ！」
善樹「なんて悲しすぎる自覚持ってるのさ、守君！」
巡「そう、だから言ってるでしょ、世の中出番が全てなのよ。出演回数の多さ＝力なのよ」
流南「む。それは現役《げんえき》アイドルが言うと少し重みのある言葉ですね」
巡「でしょ？　何度も何度も出逢《であ》ったモノに、人は愛着を抱《いだ》くのよ。アニメ見てたって、ぽっと出のゲストキャラが死ぬより、何回か出て来たレギュラーキャラが死んだ方が衝撃《しょうげき》受けるでしょ？」

善樹「それはそうだね。つまり、小説云々《うんぬん》はさておき、守君がもっともっと……杉崎君より深夏さんと接触《せっしょく》していれば、守君の恋《こい》は叶《かな》ったと、そういう話だよね？」

巡「ええ、そう、そういう………」

巡・善樹・流南『………』

守「？　なんだよ、お前ら。急にオレをジッと見て。だからアレだろ、杉崎が接するより多く、オレが深夏と接していれば、この恋はオレに軍配が上がったって話を——」

巡・善樹・流南『それも無いか』

守「えええええええ!?」

巡「ごめん、守、今の理論忘れて。お姉ちゃん、なんか間違ってたみたい」

守「えええええええええええ!?　なんで!?　なんで急に撤回《てっかい》!?　いや全然間違ってねぇよその理論！　登場回数多いヤツにこそ、人は惹《ひ》かれて——」

善樹「守君。ボクと守君が喋《しゃべ》ってる回数って、多分、ボクが杉崎君と喋ってる回数より多いよね？」
守「え？　お、おう、そうだな。あいつが生徒会やってる時も、オレとお前で一緒《いっしょ》に帰ったりしてるわけだし……」
善樹「…………………ふ」
守「なんで同情的な瞳《ひとみ》でオレの肩《かた》に手を置くんだ善樹よ！　なぁ⁉　どういう意味⁉　なぁ⁉　なぁ⁉」
流南「私は生のパプリカが少し苦手なのですが、苦手でも好きでもないキュウリよりサラダの中では主張するため、印象に残るのです。しかし私の食事に入っている頻度《ひんど》は、断然、キュウリの方が多いわけで。……………。……もしゃもしゃ」
守「何が言いたい⁉　なあ水無瀬⁉　お前、何が言いたいんだよぉおおおおお！」
巡「こほん！　そ、そんなことより、私は出番が欲しいのよ！　守じゃなくて、私が、出番を求めているわけ！」
守「話を強引《ごういん》に切り替《か》えやがった！」
善樹「そうは言っても今更《いまさら》だよ巡さん、もう番外編の原稿《げんこう》も埋《う》まっているわけだし」
巡「じゃあ他で出番作るまでよ！　ほら……更に番外編出すとか」
善樹「更に番外編って……たとえば？」

巡「私のスピンオフとか」
守「おいおい、そんな話すんだったら、まずオレのスピンオフ考えてくれよ――」
巡「アンタのスピンオフはジャンプで数度の読み切りを経《へ》て連載《れんさい》されてんじゃない」
守「それは『斉木○雄のΨ難』だ！　オレじゃねえし！」
巡「……って、『夏色キ○キ』にも出てなかったっけ？」
守「オレ、御石様の中の人じゃねえから！」
巡「もういいから、今の私のスピンオフ企画考えなさいよ！　はい善樹！」
善樹「ええっ、急に⁉　え、ええと、うーんと……」
巡「ほら、さっさと提案しなさいよ。こんな時のための下僕《げぼく》でしょ！」
善樹「えと……じゃ、巡さんが、敵アイドルグループである『CAS48』を……」
巡「ふんふん……」
善樹「下位のメンバーから順番に、闇夜《やみよ》に乗じて刀でバッサバッサと、「BL○OD-C』ばりに斬《き》っていくという話とかどうだろう？」
巡・守・流南『(なんか発想の闇が深い！)』

善樹「あ、ちなみに『CAS48』の『CAS』は、『ちょこざいなアバズレ集団』の略なんだよ」
巡・守・流南『（なんか物凄《ものすご》く無邪《むじゃ》気な笑顔で提案してる！　怖《こわ》っ！）』
善樹「あれ？　みんなどうしたの？　なんか顔ひきつっているけど……」
巡「な、なんでもないわ、なんでも。……こほん。えと……ま、まあまあの意見だけど、その、却下《きゃっか》ね、うん。それはね。ちょっとね」
善樹「えー、そっかぁ。爽快《そうかい》感あるプロットだと思ったんだけどなぁ……」
巡・守・流南『（思ったんだ……）』
巡「こ、こほん！　じゃあ次、水無瀬流南！　私のスピンオフ企画を提案しなさい」
流南「特にありません」
巡「それはこの碧陽学園じゃ禁句よ！」
流南「なんと面倒《めんどう》な学園でしょう。仕方ありませんね。では……」
巡「アンタの頭脳には期待してるわよ」
流南「星野《ほしの》さんを主人公に、杉崎君との恋愛《れんあい》模様をゆったりと、それでいて温かく描《えが》き……」
巡「おお、それはいいわね——」

流南「ラストで杉崎君の首を切断して頭部に頰《ほお》ずりし『これでずっと一緒ね、杉崎』って巡さんが微笑《ほほえ》んで持ち帰るという、大団円は如何《いかが》でしょう」

巡「どこの『スクールデ○ズ』よ！　アンタが杉崎殺したいだけでしょそれ！」

流南「心外です。私はただ……ただ、自分の手を汚《よご》さずして邪魔《じゃま》なモノを排除《はいじょ》出来ればとの一心で……」

巡「とことんドス黒い動機じゃない！　却下よ却下！」

流南「分かりました、この件に関しましては、ちょっと席を移動しまして、彼の義妹《いもうと》さんに提案してこようかと思います」

巡「洒落《しゃれ》にならないことすんじゃないわよ！　アンタはここでサラダ食ってなさい！」

流南「ふむ、それはそれでやぶさかではありません。…………もしゃもしゃ……」

守「水無瀬って、まるで草食動物の如《ごと》く一心不乱にレタスをはむよな……」

善樹「まあ確かに嬉々《きき》として肉食べてるようなイメージはないけどね……」

巡「彼女の食事風景なんてどうでもいいから、とにかく私の出番について話し合いなさいよ男衆！」

守「そう言われてもなぁ……姉貴単体のスピンオフってのがイメージ湧《わ》かねぇし……」
巡「別に出演が私だけじゃなくていいわよ、それこそ杉崎出てきて全然ＯＫ」
善樹「じゃあ、アニメの『峰○二子という女』を模範《もはん》として考えようか」
守「おう、じゃとりあえず姉貴、表紙で胸ぽろりと出しとけや」
巡「アンタらねぇ……！」
善樹「すいません真面目《まじめ》に考えます。えと……じゃあ、『エイ○アンＶＳプレ○ター』に倣《なら》って……、星野巡ＶＳ――」
巡「他作品の同ジャンルヒロインと対決するわけね！　じゃあそこはそうね、アイ○スのヒロイン達なんかと真剣《しんけん》一本勝負を――」
守「『星野巡ＶＳ巨神○』一択《いったく》だろうＪＫ」
巡「何処《どこ》と同ジャンル視されてるのよ私！」
善樹「え、ボクは時代的に『星野巡ＶＳユニ○ーンガンダム』の流れかと……」
巡「アンタ達が私をどう見てるのかはよぉく分かったわ」
流南「あ、すいません星野さん、私はよく分からないので本人の口からご説明頂いてよろしいでしょうか？」
巡「ドSか！　なんでそんなこと自分で説明しなきゃいけないのよ！」
流南「私、気になります」
巡「それでまかり通るのは、某千反田《ぼうちたんだ》さんちの娘《むすめ》さんだけよ！」
守「んだよ、対決モノがそんなに不満かよ。いいじゃねぇか、対決しとけば――」
巡「じゃあアンタミル○ィホームズの皆《みな》さんと対決しなさいよ」
守「やべぇ、ボッコボコにされる絵しか浮かばねぇ！」
善樹「別にミ○キィホームズのトイズもそんな暴力的じゃないけど……守君の微妙超能《びみょうちょうのう》力って、大概《たいがい》の作品の超能力に劣《おと》るよね」
守「ば、バカにすんなよ！　オレだってなぁ……ええと……だ、ダ○ーポの和菓子《わがし》出すアレになら勝てる気がするぞ！　どちらかというと魔法《まほう》だけど！」
流南「硬《かた》い和菓子投げつけられてはい終わりでしょう」
守「最早一般《もはやいっぱん》人にも劣る戦闘《せんとう》力認定っすかオレ！」
巡「なまじ超能力頼《だよ》りな分、本気で一般人より弱いと思うわよ、アンタ」
守「くぅ……お、オレの話じゃなくて、姉貴のスピンオフの話しろよ！」
巡「なんかさっきと逆ね……。まあいいわ。とはいえ、もう流石《さすが》にネタも尽《つ》きてきたわね……スピンオフ」
善樹「別にスピンオフに拘《こだわ》らなくてもいいんじゃない？　とにかく出番が欲しいだけなんでしょ、巡さんは」
巡「そうだけど……スピンオフ以外に、たとえば何があるっていうのよ？」
善樹「えと……続編や他の作品にも出るとか。ほら、真儀瑠《まぎる》先生手法っていうの？」
巡「なるほど、一理あるわね。数年後の私が、生徒会とは全く別の作品に杉崎と」
流南「ゾンビとなって、現れると」
巡「なんの作品に出てんのよ私達！　っつうか暗っ！　先行き暗っ！　この世界、生徒会の物語が終わった後どんな災厄《さいやく》に見舞《みま》われんのよ！」
善樹「なにかの『2』を冠《かん》する作品で、前作の主人公の後日談が妙《みょう》に暗いことになってた時とか、物凄くテンション下がるよね……」
流南「話題性あっていいと思いますけど。帯で『あの碧陽学園が、壊滅《かいめつ》⁉』とか煽《あお》って」
巡「なんのために！」
流南「そうして読み返すと、本編十巻卒業式の切ないこと切ないこと……」

巡「そりゃ『この後皆死ぬんだ……』とか思って読んだら大概の物語切ないわよ！　っていうか切なすぎるわ！」
流南「まさか、宇宙《うちゅう》守君の超能力があんなカタチで暴発するとは……」
守「原因オレかよ！」
巡「守……アンタやっぱり……深夏にフラれたことで……」
守「フラれたことで、なんだよ！　オレそんな危険思想じゃねえから！」
善樹「あ、ボクは転校しているから大丈夫《だいじょうぶ》だね。ふぅ、一安心」
守「なんかお前地味に薄情《はくじょう》じゃね⁉」
巡「しかし……なんかすぐに話題逸《そ》れるわね。主《おも》に守の超能力方向に」
流南「実際番外編考えやすい要素ですからね、超能力」
守「その割にいい方向での番外編案一個も出てねーけどな！」
善樹「番外編といえどカッコよく活躍《かつやく》したら、それはもう守君じゃないしね」
守「お前さっきからちょいちょい酷《ひど》くね⁉」
巡「しっかし……そうなるとホントに難しいみたいね、私達の出番増加」
流南「まあ、シリーズ自体が完全完結してますからね。この飲み会記録を最後にして」

巡・守・善樹『…………』

流南「…………」

善樹「……まあ、そう、だよね。終わったんだもんね……ボクの碧陽学園での生活も」

巡「善樹……」

守「オレ達には来年があるとはいえ……生徒会なんて、杉崎以外全員居なくなるわけだし
……やっぱ、終わったんだよな。色々」

巡「……そう、ね」

守・善樹『…………』

流南「…………。……何をしょぼくれた顔しているんですか、貴方《あなた》方は。やりようなんて、
いくらでもあるでしょうに。まったく」

巡「え？　やりようって……だって、全部終わっちゃうのに……」

流南「続編でもスピンオフでも勝手に出せばいいでしょう。やりたいならば。なぜなら
……貴方達の人生は、物語は、まるで終わってなどいないのですから」

巡・守・善樹『！』

流南「まあ現実的な案としては、ゲーマーズでの特典等ならまだ書く余地が――」

巡「いいこと言うわね、水無瀬流南！　そう！　そうよ！　私達はまだ、終わってなんかいないのよね！　なんせ私と杉崎の物語はこれからだもの！」
守「オレだってそうさ！　場合によっちゃ、深夏が杉崎よりオレのこと好きになるかもしれねーし！　もしかしたら……オレは……。……オレだって、他の誰《だれ》かのことを、好きになれるかもしれねぇもんな！」
善樹「そうだね！　ボクだって転校先で一杯頑張《いっぱいがんば》らないとだもの！　物語なんて、わざわざ作るまでもなく腐《くさ》るほど出てくるよ、きっと！」
巡「よぉし、なんか元気出てきたわ！　今日は更《さら》に飲むぞぉー！」
守・善樹『おおー！』
流南「…………」
流南「（実際私だけは『新生徒会』の方にもガッツリ出るアテがあるということについては……うん、言わないでおきましょう。なんか美談っぽくまとまってるようですし。……………………サラダバー行ってこよっと）」
巡・守・善樹『私（オレ・ボク）達の未来は、明るいぞー！　おー！』

「一度手合わせ願いたいものだぜ！」

by
深夏

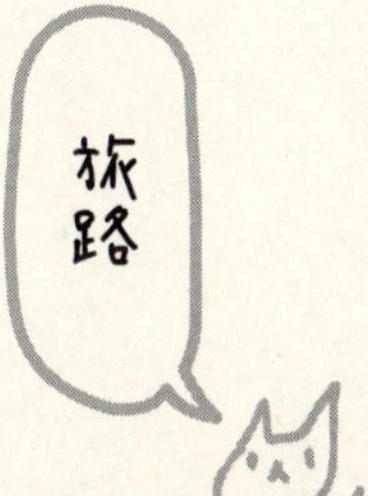

【旅路】


残響死滅《エコー・オブ・デス》は急いでいた。

あと一時間。あと一時間で、この城を抜《ぬ》け、彼《か》の地へと辿《たど》り着かねばならないというのに……なぜ今日も、こんな……。

「どうして⁉ なぜ貴方《あなた》は私の『あらゆる存在を殺し尽《つ》くす』はずの秘禁術《タブースキル》『不死鳥殺し《デスパレード》』を受けてなお、平然としていられるの⁉」

四神柱《ししんちゅう》が一人、完殺のスカーレットとやらが愕然《がくぜん》としてくずおれる。残響死滅《エコー・オブ・デス》ははやる心を抑《おさ》え、いつも通りのキャラクターを保って応じた。

「ふん、なぜだと？ そんなもの、決まり切っているではないか」

「な、なんだと？ それは一体……」

「如何《いか》に脅威《きょうい》的な能力と言えど、使用者がただの虫ケラでは、我に届くべくもない」

「な――」

「邪魔《じゃま》だ、散れ」

スカーレットに向けて、軽く指先をピンと弾《はじ》く。刹那《せつな》。

「きゃぁああああああああああ——……」

荒々《あらあら》しい黒の竜巻《たつまき》が彼女を取り巻いたかと思うと、また次の瞬間《しゅんかん》にそれは何事も無かったかのように消滅《しょうめつ》した。……スカーレットの悲鳴もろとも。

「こんな些事《さじ》に時間をとられている場合ではないのだ。我は急がなければ……」

残響死滅《エコー・オブ・デス》が苛立《いらだ》ち紛《まぎ》れに呟《つぶや》いた時だった。突如《とつじょ》パチパチと乾《かわ》いた拍手《はくしゅ》が響《ひび》き渡《わた》る。

「見事なものだな、残響死滅《エコー・オブ・デス》」

「ぬ、貴様は……」

残響死滅《エコー・オブ・デス》が振《ふ》り返ると、そこでは片目が刀傷で塞《ふさ》がった巨漢《きょかん》の戦士が、不敵な笑みを浮《う》かべて手を叩《たた》いていた。

「俺は四神柱が一人、圧殺のウォーレン。悪いが、この城を守護する任にあたりし者として、お前をここから先に通してやることは出来んな」

身《み》の丈《たけ》の倍はあろうかという巨大《きょだい》で無骨《ぶこつ》な大剣《たいけん》を担《かつ》ぐように構えるウォーレン。しかし残響死滅《エコー・オブ・デス》は彼を無視してその脇《わき》を抜けようとした。

瞬間、ウォーレンの巨剣が残響死滅《エコー・オブ・デス》の目の前の床《ゆか》を抉《えぐ》り取る。地割れの如《ごと》き裂《さ》け目を刻みながらも、ウォーレンは息一つ切らすことなく続けた。

「スカーレットを倒《たお》したぐらいで調子に乗るのはやめて貰《もら》おう。ヤツは四神柱の中でも最弱の存在よ」

「ふん……くだらん」

「なんだと？」

仕方無く、残響死滅《エコー・オブ・デス》はこの相手にもいつも通り応じてやることにした。

「なるほど、貴様はスカーレットとやらの二倍……いや、本気を出せば五倍は戦闘力《せんとう》が高そうだ」

「敵の力量を測るぐらいのことは出来るようだな」

ニィと微笑《ほほえ》むウォーレン。しかし次の瞬間――

「だが、所詮《しょせん》虫ケラは虫ケラだ」

「な――」

――ウォーレンの自慢《じまん》の巨剣は、ボロボロと脆《もろ》くも崩《くず》れ去った。あまりの事態に愕然とするウォーレン。武器などなくとも戦えると自負していたウォーレンだったが、流石《さすが》に自慢の愛剣……それも神が打ったとされる名剣を、全く知覚できない能力で砕《くだ》かれてなお敵に挑《いど》みかかる程に子供でもなかった。

そのまま城内を進む残響死滅《エコー・オブ・デス》。しかしその前に、三度《みたび》敵が立ちふさがる。

「あらーん、いい男じゃない。でもここを通すわけにはいかないのよねぇ」

流石の残響死滅《エコー・オブ・デス》も苛立ってきた。正直もう相手をしていられない。

「のけ、女。我は急いで――」

「そうはいかないわね。私は、この城を守る四神柱が一人、幻殺《げんさつ》のミラージュ。残念ながら、貴方《あなた》が退《しりぞ》けたスカーレットやウォーレンは、私の足下《あしもと》にも及《およ》ばない雑魚《ざこ》なのよ」

「そうか。ではのけ。我は本当に急ぐ」

「っ！　その余裕面《よゆうづら》、ぐちゃぐちゃにしてやるわ！　喰《く》らいなさい！　秘禁術《タブースキル》『瞳の中の架空世界《イビル・ミュージカル》』！」

「ぬ、これは」

「体が動かないでしょう！　それこそ『瞳の中の架空世界《イビル・ミュージカル》』の力！　貴方の言う虫ケラ達とはレベルが違《ちが》う、自分の視界範囲《はんい》内の世界を完全に支配下におく最強の秘禁術《タブースキル》――」

「そうか、では消えろ……犬コロ」

「え」

　突如としてミラージュの背後に発生した黒いエネルギー球体が彼女を飲み込んだかと思うと、次の瞬間にはその場から彼女もろとも消え去った。

残響死滅《エコー・オブ・デス》は嘆息《たんそく》して更《さら》に先へと進む。今度は急いではいるものの、能力使用のための準備は怠《おこた》らずにおいた。すると、案の定――

「待ちなさい。ここから先はこの――」

「よし消えろ」

登場と同時に能力全開で敵を排除《はいじょ》する。正直ネーミング的に四人目が出てくるのは予想済みだった。能力も名前も聞かなかった件に関しては、流石の残響死滅《エコー・オブ・デス》と言えど悪く思わないでもない。が、今日は急いでいるのだから仕方無いだろう。

気付けばもう、例の時間まで三十分を切っている。急がねば……。

城内をズカズカと進む残響死滅《エコー・オブ・デス》。この先にいけば、ようやく目的の――

「よく来たな残響死滅《エコー・オブ・デス》。歓迎《かんげい》しよう」

「ぬぬぅ、貴様は……」

「我輩《わがはい》はこの城――境界戦城を統《す》べる王、ジョーカーである。世界の調律のため、お前をこの先に進ませるわけにはいかぬ」

「ならば倒すまでだ」

「ふん、甘く見て貰っては困る。我は四神柱などとは次元の違――ごはぁ！」

「すまん、だがさっきから急いでいると言っているだろう」

遂《つい》には口上の途中《とちゅう》で攻撃《こうげき》し出した残響死滅《エコー・オブ・デス》。彼とてルール違反《いはん》かなと思わなくはなかったが、正直長そうだったし、なにより彼は急いでいた。

それでも消滅にまで至らなかった王が、片膝《かたひざ》を床につけつつ不敵に笑う。

「くく……我輩も本気を出さざるを得ないようだ。では、いざ見よ！　これが第二――」

「速攻技《そっこうわざ》《黒の旋風《せんぷう》》」

「グギャアアアアアアアアアアアアアアアアアアア！」

断末魔《だんまつま》の声を上げて、光の中に消えて行く王。……残響死滅《エコー・オブ・デス》的にはそういう攻撃をした覚えはまるで無かったが、無駄《むだ》に派手に消滅していく王。……長い。

「まあなんにせよ、これで先に……」

しかし突如として、消滅する王の中から湧《わ》き出た光が人のカタチをとり始める。

《くく……我は、α《アルファ》。王を傀儡《かいらい》とし、この世を統べるべく暗躍《あんやく》していた神なる存在》

「…………」

《え、ちょ、なんでこのタイミングで腕《うで》時計確認するの？》

「おい、もう攻撃していいか？」

《あ、まあ、その、いいといえばい――》

「では消えろ」

《グギャアアアアアアア！　我が……この我が、何かの片手間にぃいいいいい！》

「しつこい奴《やつ》だった……。では、気を取り直していざ――」

《αノ討伐《とうばつ》、カンシャスル。コレデ封印《ふういん》ハ、解ケタ。ソシテ終ワリノ始マリダ。我ハ全テノ次元ヲ喰ラウ者。創世以前ヨリ存在セシ終ワリ、ソノ名モ、オメ――》

「なるほど、では達者でな」

《エ》

軽くスルーして先に進む残響死滅《エコー・オブ・デス》。最早《もはや》自分と敵対していない者の相手などしていられない。邪悪《じゃあく》な存在など、困らされた当事者が勝手に倒せばいい。

残響死滅《エコー・オブ・デス》は圧倒的《あっとう》邪悪を無視して城の奥へと進むと、ようやく目的のもの……次元トンネルを発見した。腕時計を確認する。……例の時間まであと十分。よし、これなら行ける！

確信と共に意気揚々《いきようよう》と次元トンネルに飛び込んだ残響死滅《エコー・オブ・デス》は――

「よく来て下さった、我らが勇者殿《どの》よ！　これも魔王《まおう》の存在が次元トンネルを歪《ゆが》めた結果でしょうか！　さあいざ、勇者殿！　元の世界にご帰還《きかん》されるためにも、是非《ぜひ》、我らと共に魔王の討伐を！」

「…………」

残響死滅《エコー・オブ・デス》。

最強の能力者にして、生まれながら修羅《しゅら》の道を征《ゆ》く者。

戦闘力、５８００万（一般《いっぱん》成人男性を１と換算《かんさん》）。

倒した悪人の数、二万五千人。

屠《ほふ》った神・悪魔の数、九十五体。

血の繋《つな》がった家族、一人。

そして。

これまでの人生で彼が待ち合わせに間に合った回数……………………０回。

TO BE CONTINUED

「キー君の周りにはアレな女性が多すぎるわね」

by 知弦

続・邂逅する生徒会
～禁断のラスボス対決～

【続・邂逅《かいこう》する生徒会　～禁断のラスボス対決～】

旧生徒会・新生徒会が、碧陽《へきよう》学園生徒会室にて一堂に会したその夜。

放課後と呼べる時間をとうに過ぎ、窓の外には完全に夜の帳《とばり》が降りようとも、未《いま》だに大会議は続いていた。というか、いつの間にか飲み物や食べ物が広げられ、更《さら》には部活顧問《こもん》の真儀瑠《まぎる》先生のみならばまだしも、基本生徒会には無関係であるはずの新旧新聞部部長まで巻き込み、もはやただの飲み会の様相である。

事実、アルコールも摂取《せっしゅ》していないのに、場は既《すで》に酩酊《めいてい》状態。妙《みょう》にテンション高いメンバーもいれば、疲《つか》れ果てた様子で机に突《つ》っ伏《ぶ》す者もいる。

そんな、十二名からなる大所帯がひしめく生徒会室の中。

ぽつりと一番地味な生徒……新聞部部長、風見《かざみ》めいくが呟《つぶや》いた。


「こうなってくると、逆にバランス悪い気がしますね……」

『………』

それは、通常ならば喧噪《けんそう》に紛《まぎ》れてしまう程度の本当にか細い独り言だったのだが。

丁度皆《みんな》の会話が一段落したところに挟《はさ》み込まれたせいか、彼女の声は妙に室内に響《ひび》き渡《わた》ってしまう。注目を浴びた風見が顔を赤くし、わたわたと慌《あわ》てて「な、なんでもないです！」と手を振《ふ》るも、しかし会長……いや元会長、桜野《さくらの》くりむは彼女を逃《のが》さなかった。

「バランス悪いって、なんの話？　めいくちゃん？」

無邪気《むじゃき》に首を傾《かし》げる会長。既に風見のことをめいくちゃん呼ばわりなコミュ力には頭が下がる思いだが、それはさておき、風見はしばし困った風に呻《うめ》いた後、観念して漏《も》らす。

「いえ、その……ラノべ読みの戯言《たわごと》だと思って聞いて欲しいんですが、ここに集まっているメンバー構成が、なんだか、アンバランスだなぁと思ってしまいまして」

「？　アンバランスって……あはは、なに言ってるのさめいくちゃん！　碧陽学園に在籍《ざいせき》する人間なんて、全員が全員、欠陥《けっかん》だらけのアンバランス人間だよ！」

『おい』

会長の失礼な言葉に全員が反応する中、風見は恐縮《きょうしゅく》した様子で「そういうことではなくてですね……」と続ける。

「あくまでラノべ的観点からと言いますか。えーと、そうですね。新生徒会と旧生徒会の皆様《みなさま》だけが集まられていた時点では、『オールスター感』にも一定のバランスが取れていたと思うのですが、私は勿論《もちろん》、真儀瑠先生や藤堂《とうどう》部長――元部長みたいな生粋《きっすい》の外伝キャラが加わってしまうと、逆に半端《はんぱ》なバランスになってくると言いますか」

『誰《だれ》が生粋の外伝キャラだ、ああん？　こちとら本編出てますけど、ああん？』

真儀瑠先生とリリシアさんが大人げなく風見に絡《から》む。「ひぃ」と怯《おび》える風見が見ていられず、俺はさっと彼女と二人の間に割り込み、まあまあと場を取りなした。

――と、なぜか室内に一瞬《いっしゅん》、ぴりっと妙な雰囲気《ふんいき》が走る。何事かと見回しても、全員素知らぬ顔で視線を逸《そ》らすのみ。……わけが分からない。どうも、風見が来てからどういうもの、こういう空気が多い気がする。別に風見が嫌《きら》われているってこともないと思うんだが……いい子だし……。

真儀瑠先生とリリシアさんが退散したところで、風見はちっちゃく俺に「ありがとうございます、杉崎《すぎさき》さん」と礼を告げ、ぺこっと頭を下げる。……うん……言っちゃなんだけど、実に普通《ふつう》だ……。ラノベキャラを演じていれば、ツンデレ反応だったり、ボケコメントだったりをしたんだろうけど……素《す》のこいつの発言って、清々《すがすが》しい程に、普通だ。しかしここ数年、奇人《きじん》変人大集合な生活に慣れきった俺からすると、逆に新鮮《しんせん》。なんだこれ。

俺が風見の存在に「癒《いや》し」を感じてほわぁとしていると、またも室内から攻撃《こうげき》的な視線が向けられる。……なんなんだよ、一体。

風見もそれにはちょっと気付いたらしく、彼女なりに空気を変えようと、慌てて喋《しゃべ》り出した。……あぁ、そういう配慮《はいりょ》も、実に普通だ……。

「えと、そう、あの、そうですね。やっぱり真儀瑠先生と藤堂元部長は、本編に出演されているので、違和感《いわかん》ないです。でもほら、私みたいな、生まれつきサブキャラどころかモブキャラにもなれないような立ち位置の人間がここに居ると、こう、やっぱりバランスがおかしいわけでして」

うわっ、こいつ、あのしょーもない顧問と新聞部ＯＢにもフォロー入れたよ！　更には自分をすげぇ下げたよ！　どんだけちゃんとした子なんだよ、風見！　生徒会の世界観で失礼発言をいちいち詫《わ》びてたら、話成り立たねぇよ!?　でも逆に、そんなとこが大好き！

俺が妙に風見を抱《だ》きしめたくてうずうずする中、風見は説明を続ける。

「こうなってくると、『オールスター』の範囲《はんい》が、生徒会のみから、外伝含《ふく》めた小説に出て来た人物全てにまで、拡大しちゃっているんじゃないかと。百歩譲《ゆず》って、まあラブコメ作品なので女性限定にしても、私がここに来ちゃっている以上、もっともっと参加すべき人材が、沢山《たくさん》居るんじゃないかなぁと」

「ああ、それでバランスが悪いって……確かにな」

ハーレム王として俺も納得していると、皆も「そういえばそうかも」という雰囲気になってくる。なんだろう、クラスの同窓生数人で軽く飲み会してたらいつの間にか大所帯になり、こうなったら逆に集まっていないメンバーが気になる、みたいな話だ。

真冬《まふゆ》ちゃんが「でもそれを言い出しましたら……」と切り出してくる。

「あの、真冬の元クラスメイトさん達も小説に沢山出ていますから、そこ網羅《もうら》しようと思ったら、それこそ卒業式の二次会みたいな大宴会《えんかい》になっちゃいますけど……」

「あー、ですよね。すいません。あの、これは、私のラノベ読み的観点からの感想でしかなく、実際に呼ぼうとかそういう提案じゃないのです。あ、でも……」

「でも?」

「本編主要人物と限定してみても、やっぱりちょっと欠けちゃっているのは惜《お》しいですね」

「? 本編ですか? ええと、それは真冬達生徒会と、真儀瑠先生と、藤堂先輩《せんぱい》と……」

大体全員揃《そろ》っているのでは? という真冬ちゃんの態度に、皆も概《おおむ》ね同意する。

しかし風見は「いえ、ほら」と指を立て、笑顔で続けてきた。

「たとえば、杉崎さんの義妹《いもうと》さんとか……ああ、それに、幼馴染《おさななじみ》さんとか!」

『!』

「？　どうされました、新生徒会の皆さん？……って、あ」

何かに気付いた様子の風見と、火神《かがみ》を除く新生徒会メンバー全員の表情が引きつる。旧生徒会や真儀瑠先生、リリシアさんがキョトンとする中、俺達新生徒会と風見は、アイコンタクトで互《たが》いの危惧《きぐ》が共通したものであることを確認した。

それは……。


『（ヤンデレ化した火神の前で、おねーさんこと松原飛鳥《まつばらあすか》の話題はデリケート過ぎる！）』

火神と飛鳥、そして俺の事情をよく知る者のみが戦慄《せんりつ》する状況《じょうきょう》だった。

しかし当の本人、火神は特段何も気にした様子もなく、机の中心に置かれたポテチを、自分の前に広げた皿代わりのティッシュの上に数枚確保する作業に勤《いそ》しんでいる。

俺達がホッと胸を撫《な》で下ろす中、火神はポテチを五枚ほど重ねると、それを……なぜか丁寧《ていねい》にティッシュで包み込み、そして……。

〈グシャアッ！　グシャアッ！　グシャアッ！〉

まるで親の仇《かたき》のように拳《こぶし》で何度も潰《つぶ》した後、ティッシュを開き、傾《かたむ》け、完全に粉々になったそれをサラサラと口内に放り込み、噛《か》まずにゆっくりと味を堪能《たんのう》した末、嚥下《えんか》した。

「ん……ん……ふぅ……。……おーいし♪」

『(なんか食い方が怖《こえ》ぇぇぇぇぇぇぇぇぇ!・)』

お菓子《かし》の食べ方一つ取ってみても、なんらかの闇《やみ》を感じずにはいられない子だった。

とにかく、彼女が松原飛鳥話題に関してどうやら聞いてなかった様子に安堵《あんど》すると、次の話題へとシフト――

「お、飛鳥ならここのパソコンで通話出来るんじゃね? なぁ、鍵《けん》?」

『空気読んでぇぇぇぇぇぇぇぇぇぇぇぇぇ!』

「な、なんだよ」

深夏《みなつ》の気軽な提案に、新生徒会一同、血眼《ちまなこ》になってツッコミを入れる。旧生徒会の面々が不思議そうに首を傾げる中、俺達新生徒会と風見はなんとか話題を逸らそうと
「ほら、早速《さっそく》わたくしが繋《つな》げて差し上げましてよ。感謝なさい、おーほっほっほ!」

『仕事早いですね!』

気付けばリリシアさんが早速通話ソフトを起《た》ち上げてログインし、飛鳥にビデオ通話を発信していた。っていうか、なんでしれっと俺のIDでログイン出来てんだよ、リリシアさん! 大学生になってもその闇の情報網《じょうほうもう》を手放す気はないのか!

新生徒会と風見のみが緊張《きんちょう》し、他のメンバーが「わー、久しぶりだなー」なんて暢気《のんき》に見守る中、通話ソフトは飛鳥を呼び出し続け、そして……。

『はいはーい、飛鳥さんでーす。珍《めずら》しいわねケン、貴方《あなた》の方から……って、あれ？』

いよいよ、通話が繋がってしまった。リリシアさんがノートパソコンを回転させて俺の方に向ける。飛鳥の方はヘッドセットをつけていたが、こちらは内蔵のマイクを使用しているらしく、普通にモニタに向かって喋ればいいらしい。

俺はちらちらと火神の様子を窺《うかが》いながらも、「よ、よぉ」と引きつりながら声をかけた。

「ひ、久しぶりだな、飛鳥」

『？　いやそうでもないでしょ。ちょいちょいこうやって通話するじゃない』

「そ、そうか。そうだよな……」

『それより、どうしたのよ、その状況。そこ、生徒会室か何か？　なんか今ちらっと見知った顔を見かけたけど……』

飛鳥がそう言うと同時に、会長がパソコンを奪《うば》うようにして自分の方へと向ける。

「やっほー、飛鳥ちゃん！　元気してる？」

『ああ、会長さん。お久しぶりね。ええ、元気よ。あら、他にも……』

会長の周りに旧生徒会メンバーが集まり、口々に飛鳥と挨拶《あいさつ》を交わす。そしてそのまま、女子同士の、割とどうでもいい近況《きんきょう》報告へと話がシフトするにあたり……。

俺達新生徒会と風見は、全員、思わず苛々《いらいら》と貧乏揺《びんぼうゆ》すりを始めていた。

『(そろそろ、いいんじゃないか！)』

なんだろう、他愛ない雑談って自分がしている時は一向に構わないけど、多少なりとも焦《あせ》りのある状況で他人が興じているのを見ると、驚《おどろ》く程ドス黒い感情に支配されるね！

俺今、なんか旧生徒会メンバーが腹立たしくて仕方無いわ！　誰一人悪くないけど！

知弦《ちづる》さんが、珍しく上機嫌《じょうきげん》な様子でモニタに話しかける。

「ああ、ところで飛鳥さんは見ている？　例のドラマ……『デスストーリーは突然《とつぜん》に』」

『ああ、見てる見てる！　嬉《うれ》しいなぁ、私以外にも見ている人居たんだ、あのドラマ！』

『(どうでもいいよ！)』

今その話必要⁉　っつうかなんだそのドラマ！　誰が見るんだ！　いやこいつらか！

「しかしまさか、第三話開始三分で主人公が死ぬとはね……」

『(ホントに突然だな！)』

『ね。しかも死因が急性心筋梗塞《しんきんこうそく》だったなんてね……』

『(色んな意味で突然死！)』

「残り2クールも、これからどうするのかしらね……」

『(ホントにどうすんだよそのドラマ！　不覚にも第四話から見たいわ！)』

ああ、それにしても話が長い。知弦さんの会話が終わったと思ったら、次は真冬ちゃんとゲームの話を始め、次に会長と新作お菓子の話、更《さら》には深夏と総合格闘技《かくとうぎ》の話まで。そうかと思えば、また知弦さんと、今度は経済についての話を始める始末。

『（どんだけコミュ力高いんだっ、松原飛鳥！）』

まあ、火神のエピソードからもその片鱗《へんりん》が窺えてはいたが。まさかここまでそつがないとは。我が幼馴染ながら、あっぱれすぎる。あいつの方が格段にハーレム王向いているんじゃね？　実際俺に対する態度があまりにあんまりだから気付かなかったが、あいつ、周囲の評判は常にべらぼうに高いんだよな。俺と林檎《りんご》の扱《あつか》いがまるで違《ちが》うように、きっと、ナチュラルに相手に合わせた対応が出来る人種なんだな。……なにそれ、超《ちょう》カッコイイ。

なかなか終わらない会話に、業《ごう》を煮《に》やす新生徒会。しかし一方で、俺達はどこか安心もしていた。

火神を除く新生徒会と風見がそれとなく俺の周囲に集まり、中から日守《ひのもり》が、こそっと小声で呟《つぶや》く。

「旧生徒会のヤツらであそこまで話が盛り上がっていれば、しばらくはこっちに話が向くことはなさそうね」

その言葉に頷《うなず》くメンバー。水無瀬《みなせ》が眼鏡を光らせて分析《ぶんせき》する。

「幸い、旧生徒会メンバーは火神会計と松原氏の関係を知りません。松原氏の方も、見ている限り、どうやらこのイベントを『旧生徒会メンバーが生徒会室に集まっている』と考えている様子。そして、なにより火神会計のあの特に興味なさげな態度。余程の不運による突発的《とつぱつ》アクシデントが起こらない限りは、火神会計に話が一切向かないまま場は収まるだろうと予想され――」

言いながら、なぜか西園寺《さいおんじ》を見て言葉を止める水無瀬。俺達も思わず西園寺を見つめ、当の彼女がキョトンとする中……突然、飛鳥と話していたはずの会長が大声を上げた。

「ねーねー、北斗《ほくと》ちゃんって、飛鳥ちゃんと知り合いなんだってね！　喋りなよー！」

『（ぎゃあああああああああああああああああああああああああ!?）』

なんかいきなり即死《そくし》させられた！　さながら不意打ちからのザ○キーマによる全滅《ぜんめつ》！

理不尽《りふじん》！　デスストーリーは突然に！

新生徒会メンバー全員、無言でぺしぺし西園寺を叩《たた》く。全く痛くこそないが、精神的ダメージはそこそこありそうな行為《こうい》だ。西園寺は涙目《なみだめ》になりながらも「こ、今回ばかりは、その理不尽な罰《ばつ》も甘んじて受けましょう！」と妙《みよう》な腹の括《くく》り方をしていた。……笑いの神様よ。今回ばかりは、笑えない結末になっても知らないからね!?

俺達は西園寺いじりをやめ、息を呑《の》んで事の成り行きを見守る。

会長に呼ばれた火神は、何度目かのポテチクラッシュを中断し、不思議そうに首を傾《かし》げた。

「え、カガミッスか？」

「うん、そうだよ。知り合いなんでしょ？　飛鳥ちゃんと」

「ええ、まあ、そうなんスけど……」

「だったら折角なんだし、話しなよ！　ほらほら！」

「はぁ……」

イマイチ気乗りしていない様子の火神を呼び寄せ、パソコンの前に座らせる会長。

俺達はその状況を見守り、その中に一縷《いちる》の希望を見出《みいだ》していた。

風見が呟く。

「これは……意外と、まだ、分かりませんよ？　火神さんのあの態度を見るに、なんだか、当たり障《さわ》りの無い挨拶だけで終わりそうな雰囲気《ふんいき》です」

それに、日守が頷く。

「そっか、興味の対象が完全にスギサキオンリーになっただけに、他の人間関係がどうでもよくなりつつあるのかもね、こりゃ。つまりは……」

「相手が眼中に無いのであれば、逆に戦争状態も無いだろうと、そういうことですね」

水無瀬が結論し、全員が頷く。

そうして、新生徒会と風見が固唾《かたず》を呑んで見守る中。

火神はいよいよ飛鳥と向かい合い……そして、『久しぶりね、北斗！』と嬉しそうな声を上げる飛鳥に対し、開口一番——

「あ、おねーさん、センパイはカガミが貰《もら》ったんで、そこんとこよろしくです」

『(宣戦布告どころか、いきなり爆撃《ばくげき》かましやがったぁあああああああああ！)』

これが戦争だったら、後世に亘《わた》って禍根《かこん》を残しかねないやり口だった。

俺達は、慌《あわ》ててパソコンの前に回り込み、飛鳥の反応を窺う。事情を知らない旧生徒会メンバーまでもが息を呑む中、当の飛鳥の反応と言えば……。

『あら、そういう冗談《じょうだん》を言えるようになったのね、北斗。碧陽でいい経験をさせて貰っているようで、なによりじゃない』

「いやおねーさん、カガミ、これ冗談じゃなくて——」

『それより北斗。そろそろ、私のケンに、代わってくれるかしら。ちょっと、私達の将来について、話したいのよ。ああ、北斗は一切関係ないから、もう帰っていいわよ？』

『（ラスボス対決きたぁあああああああああああああああああ！）』

初っぱなから壮絶《そうぜつ》すぎる女達の、圧倒的《あっとう》攻撃《こうげき》力による殴《なぐ》り合いが開始されていた。

その場の全員が圧倒されて何も言えなくなる中、しかし火神はあくまで平常心で、ニコォッとお得意の後輩《こうはい》スマイルを繰《く》り出した。

「あはは、なに言ってるのさ、おねーさん。おねーさんの将来とセンパイの将来は、これっぽっちも交わらないから、予定なんか立てても無駄《むだ》ッスよ？　なんせセンパイ、今後世《せ》俗《ぞく》との関わりを全部断たれて、とりあえず右手以外は動かせなくなる予定なんスから」

『ふふ、北斗は本当に冗談が上手《うま》くなったわね。おねーさんは嬉しいなぁ』

「だから、冗談なんかじゃないって……」

『馬鹿《ばか》ね。どんなに強がってみたところで根が優しい北斗にそこまでのことは出来ないし、ケンだってそんな環境《かんきょう》に甘んじる男じゃないわ。それになにより……この私がいるもの。北斗がケンを独占《どくせん》するだなんて、どだい無理な話ね。北斗、そういうのは《予定》じゃなくて、《夢》って言うのよ？　また一つ勉強になって良かったわね』

ヤンデレ火神に一切引かないどころか、終始上手《うわて》の飛鳥に、一同ごくりと喉《のど》を鳴らす。

『(自称《じしょう》正妻、強《つえ》えええ!・)』

その迫力《はくりょく》たるや、物騒《ぶっそう》な言葉を用いるだけの火神とは一線を画していた。

これは火神、流石《さすが》に分《ぶ》が悪い。この状況《じょうきょう》から、彼女は一体どんな言い訳で切り返すのかと成り行きを見守っていると……。

火神は、ケロっとした表情で、心底心外そうに応じた。

「え? いやカガミ、センパイ全然普通《ふつう》に拘束《こうそく》できますけど。だって好きなんで。超好きなんで。心から愛しているんで。それでもどうしてもおねーさんに邪魔《じゃま》されるなら、二人で躊躇《ためら》いなく死ねちゃうぐらいには、好きですよ? カガミの根が優しいとか、センパイが凄《すご》い男だとか、関係ないです。カガミ、今やそういう次元で生きてませんから」

『………』

これには、流石の飛鳥も口をあんぐりあけて黙《だま》り込んでしまった。どうやら、火神のヤンデレレベルは、飛鳥の想像を遥《はる》かに超《こ》えてしまっていたらしい。

火神は当然のことを告げるが如《ごと》く、更に続けた。

「そんなわけで、センパイはもうカガミのものなんですよ、おねーさん。そこだけは、弁《わきま》えておいて下さいね？　じゃないとおねーさんにも……デスストーリーは、突然やってきちゃうかもですよ？　えへへっ」

『(笑えねぇぇぇぇぇぇぇぇぇぇぇぇぇぇぇぇぇぇぇぇぇぇぇぇ！)』

火神はまるで渾身《こんしん》のギャグっぽいテンションで言っていたものの、こちらは誰《だれ》一人笑えなかった！　なんだそれ！　超怖《こえ》ぇよ！　生徒会のギャグとして異質すぎるよ！

言いたいことは言い切ったとばかりに、席を立とうとする火神。

しかしそれに対し、飛鳥が慌てたように声をかけた。

『ちょ、ちょっと待って！　北斗！』

「？　なんですかおねーさん？　カガミ、今センパイの周囲の女に見立てたポテチ砕《くだ》く作業で忙《いそが》しいんですけど……」

『(それ知りたくなかった！)』

ただでさえ怖《こわ》かったあの作業の真相は、身の毛もよだつほどの恐《おそ》ろしさだった。

狂気《きょうき》を孕《はら》みすぎて今や飛鳥の知っていた妹分では全然無いのであろう少女に、飛鳥は焦った様子で訊《たず》ねる。

『あ、あんた、一体ケンのどこにそこまで惚《ほ》れ込んだのよ……』

「え？　あー、そうッスね……」

席に座り直し、宙を見上げてぼんやりする火神。……どうせアレだろ。にっくき岬開斗《みさきかいと》をやり込めたあたりが、一番の評価ポイントで――

「全部です。出逢《であ》った瞬間《しゅんかん》からその人柄《ひとがら》の全部が好きで、だからカガミ、今考えると余計意固地になって、敵対しちゃったとこあるのかなぁって。……うん、何度考えても、全部ッスね。カガミみたいな見ず知らずの後輩の無茶なノリやテンションにも全力で構ってくれるとこから、全然自分に見向きもしない女性達にさえ何の見返りも求めず奉仕《ほうし》しちゃう優しさとか、口だけじゃない行動力とか、とんでもない無理ばかりしている癖《くせ》に、それでいていつも幸せそうなところとか……とにかく、全部。そんなセンパイの全部が、カガミは好き」

てへっとはにかみ、胸の前で手を合わせて微笑《ほほえ》む火神。そんな彼女の表情は、まさしく、恋《こい》する純粋《じゅんすい》な乙女《おとめ》そのもので……。

皆《みな》が唖然《あぜん》とする中、俺は顔を真っ赤にしながらも、なんだか火神の言葉が無性《むしょう》に嬉《うれ》しくて、思わずぽつりと漏《も》らす。

「さ、サンキュな、火神。なんか俺……今、すげぇ、嬉しかったっつうか……」

俺の言葉に、火神が、らしくなく焦《あせ》った様子で「へ？」と振《ふ》り返り、わたわたと手を振る。

「は、はい、どもです……。…………。……ななっ、なんですかっ！　なんでそんな目でカガミを見るんですかっ！　だ、駄目《だめ》です！　カガミはセンパイ大好きだし、センパイ束《そく》縛《ばく》するし、センパイはカガミだけ見ていればいいですけど……そ、その、なんか、そんな、熱っぽい目されると、か、カガミも、なんか顔熱くてどうしたらいいか分からないっていうかっ！　ああっ、いや、その、カガミを愛してくれるのは嬉しいんですけどっ！」

八重歯《やえば》を覗《のぞ》かせながら、必死でわたわたとよく分からない主張をする火神。

俺は俺で、そんな火神の様子を見ると余計に照れるわけで……。

「お、おう、その、悪い。でもその……今の火神は、すげぇいいなって、思うっつうか」

「わ、わー！　だからそういうの禁止ッス！　駄目ッス！　キャパオーバーッス！」

「でもお前、いつもは自分にだけ愛を囁《ささや》けだのなんだのと……」

「カガミが力尽《ちからず》くで、センパイに愛を囁かせるのはいいんです！　それが愛です！」

「なにその歪《ゆが》んだ愛情表現！」

「せ、センパイが自発的にそういうこと言うのは、なんか……なんか、カガミ、駄目なんです！　どうしていいか分からなくなるんです！　カガミの許可なくカガミを照れさせるのは、禁止なんですぅ！」

「お、おう、そっか。そりゃなんか悪いこと……って、ん？」

ふと気付くと、

なんか女性陣《じん》全員から、思いっきり白い目で見られていた。


モニタの中の飛鳥が溜息《ためいき》を漏らす。

『なんだろ……ケンの正妻を自称する私でも、今、「もうお前ら結婚《けっこん》しちまえよ」と言いかける程、馬鹿らしい気持ちになったわ』

「え、ちょ、ちょっと、おねーさん!?　カガミとセンパイ取り合うんじゃ……」

火神に訊ねられた飛鳥が、面倒《めんどう》そうにポニーテールの頭を掻《か》く。

『いやなんていうか……もういいわ』

「も、もういいって、おねーさんのセンパイに対する気持ちは、その程度なんですか！　それってどうかと思います！　センパイはこんなに素敵なのに！」

なんか火神が怒《おこ》っていた。メンバー全員が『（もうお前なんやねん）』という気持ちになる中。

モニタの向こうの飛鳥は……。

ハッとする程に優しい笑顔で、火神と俺を見つめ返した。

『いや、過去に色んなもん背負い過ぎているアンタら二人がさ、今そんな幸せそうな笑顔しているの見たら……飛鳥さんとしちゃ、満足せざるを得ないでしょうよ、まったく』

『あ……』

飛鳥の言葉に、火神と二人、思わず黙り込む。ふと周囲を見渡《みわた》すと、皆もまた、どこか「しょうがないなぁ」という苦笑いで、俺達二人のことを見守ってくれていて。

「……おねーさん……」

火神がモニタの前で俯《うつむ》く。彼女はそうして、顔を上げないままで。

まるで独り言のように……だけどハッキリと皆に聞こえる声で、ぽつりと、呟《つぶや》いた。

「カガミ……碧陽学園に来られて……ホント、良かったッス……」

『…………』

皆が優しく彼女を見守る中、俺は、くしゃくしゃっと火神の頭を撫《な》で回す。

それでも火神が、まるで誰にも顔を見せまいと俯き続ける中。

会長が突然《とつぜん》、「よぉし！」と声を上げた！

「今から、林檎《りんご》ちゃんも呼んじゃおう！　あとそれに、購買《こうばい》のおばちゃんとかも！　めいくちゃんの指摘《してき》通り、本編に出てた人皆呼んで、ぱーっと盛り上がろう！」

それに対し、知弦さんが「そうね」と頷《うなず》く。

「それじゃあ、奏《かなで》や、栗花落《つゆり》さんも呼ばないとね」

「えー、アンズ呼ぶのー？　やだー」

ぶーたれる会長。アンズさん、酷《ひど》い言われようだった。

椎名《しいな》姉妹もまた、提案してくる。

「そういう意味でしたら、中目黒《なかめぐろ》先輩《せんぱい》もアリじゃないでしょうか！　名前は本編で先に出たわけですし！」

「おいおい、そうなってくると、こいつぁ残響死滅《エコー・オブ・デス》も……」

「それは呼ぶなよ！」

俺は全力で深夏を止める。実際問題、卒業式の二次会会場に、残響死滅《エコー・オブ・デス》を名乗る誰かが現れたって話もあるぐらいだからな……。中目黒の例もあるし、碧陽学園の性質も含《ふく》めて、妄想《もうそう》が現実になる説も洒落《しゃれ》にならん。

新生徒会メンバーもまた、口々に提案し出す。

「新生徒会も本編としてカウントしますと、わたし達の関係者も呼んだ方がよろしいわけですよね？」

「そうよね、つくし。えーと、アタシのクラスメイトの秋峰《あきみね》とか国立《くにたち》とか、つくしのクラスメイトの巽《たつみ》、それに……」

「あとは、私の父の寺雄《てらお》や岬開斗といったパパさんズですね」

「ちょ、そこまで呼ばないで下さいよセンパイ方！　本編出てたらなんでもいいんスか⁉」

慌《あわ》てた様子で火神が立ち上がり抗議《こうぎ》をする。しかし彼女らは聞き入れず、真儀瑠先生やリリシアさんを中心として各方面に連絡《れんらく》を入れだした。

俺と火神がぐったりとして座り込む中、風見がそっと傍《そば》にやってくる。

「えっと……なんか私のせいで、色々、申し訳ありませんでした、お二人とも」

「まったくだ」「まったくッスよ」

「す、すいません……」

シュンとする風見。俺達は、慌ただしく動き回るメンバー達を見守りながらも……どうでもよさげに、口を開いた。

「まあ、でもいつも通り賑《にぎ》やかでいいんじゃねーの、こういうの」

「そうッスね。これこそ生徒会だとカガミも思います。センパイは当然カガミだけで独占《どくせん》しますけど。まあ、なんスか……、生徒会は生徒会で、カガミ、別に嫌《きら》いじゃないっていうか……」

ぶすっとしながら口を尖《とが》らせる火神に、俺と風見は二人、目を見合わせて苦笑する。

「しっかし、これじゃあ、今日の大会議はいつ終わることやら」

「ですね。私はもうとっくに、徹夜《てつや》の気構えですけど」

「なんスかそれ、まったく、もう生徒会っていうレベルじゃないでしょう……」

ぐったりとしながらも、しかし、特に帰ろうとする様子もない火神。

ビデオ通話が繋《つな》がったままのパソコンのモニタには、そんな火神の姿を愛《いと》おしそうに見守る、飛鳥の姿。そしてその背後には、そんな俺達の様子を横目に見つつも、わいわいと騒《さわ》ぐ、俺達の大好きな皆の姿があり……。

私立碧陽学園生徒会。

そこではこれからも、沢山《たくさん》の笑顔と、幸せが、紡《つむ》がれていく。

「これは同人誌の無駄遣いだと思います！」

by 真冬

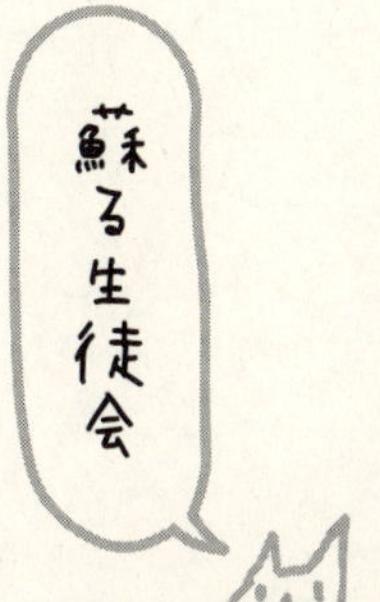

「未来はいつだって私達に委《ゆだ》ねられているのよ！」

会長がいつものように小さな胸を張ってなにかの本の受け売りを偉《えら》そうに語っていた。

しかし俺はそんな会長の名言とは関係なしに、とある疑問に苛《さいな》まれて「はい」と挙手する。

実にうざったそうにお子様会長……桜野《さくらの》くりむが俺に視線を向けた。

俺は、一瞬躊躇《いっしゅんためら》いながらも……やはり思い切って切り出してみる。

「会長達って、卒業しませんでしたっけ？」

『…………』

途端《とたん》、さっと目を伏《ふ》せる会長・桜野くりむ、書記・紅葉知弦《あかばちづる》の三年生（？）両名。

俺は自らの疑問に確信を抱《いだ》き、更《さら》に続ける。

「あと、深夏《みなつ》と真冬《まふゆ》ちゃんも、とっくに転校したよねぇ!?」

『…………』

三年生同様、質問する俺から目を逸《そ》らす椎名《しいな》姉妹。生徒会室内をなんとも微妙《びみょう》な空気が満たす中、俺は耐《た》えきれず、更に叫《さけ》んだ！

「っつうか、俺もガッツリ新生徒会始めてましたし！　西園寺《さいおんじ》とか水無瀬《みなせ》とか日守《ひのもり》とか、あと最早若干《もはやじゃっかん》名前を呼ぶのも躊躇われるヤンデレ下級生とか！　なのになんで今更、しれっと俺達、完全に昔の状況《じょうきょう》で会議してんスか⁉　これ、明らかに時空ねじ曲が――」

「杉崎《すぎさき》！」

俺の混乱を窘《たしな》める様に会長が叫ぶ。俺はびくっと怯《おび》えた反応をしつつも、会長の説明を待つ。そうして、沈黙《ちんもく》の中待つこと、十数秒。

神妙な顔つきと共に、会長は遂《つい》に……勢い良く胸を張って、その真相を、口にした。

「これ同人誌だから、ぶっちゃけ本編との整合性なんか取れてなくていいのよ！」

『言ったぁあああああああああああああああああああああ！』

全員がそのあまりに禁忌《きんき》すぎる発言に驚愕《きょうがく》する。元々メタ発言多目でお送りしていたシリーズだったが、いくらなんでも、今回ばかりは説明がつかなさすぎる！

しかし一度ぶっちゃけちゃうと会長はもう抵抗《ていこう》がなくなったらしく、どんどん禁忌発言を重ねていく。

「だって同人誌の煽《あお》りに『生徒会の短編載《の》る』って書いちゃったら、ぶっちゃけ読者が期待するのって、私達正規メンバーの会議風景じゃない？」

「そこ、正規メンバー言わない！　新生徒会のあいつらだって正規だよ！」

「そうだけど、読者が求めるのは残念ながら私達なわけですなぁ、くっくっく」

「ぐ……！」

会長がなにやら実に悪い笑みを浮《う》かべる。な、なんつう性格の悪い！　日守でもこの場に居ようものなら、確実に喧嘩《けんか》始まっているレベルだぞ！

俺がうぬぬぬと拳《こぶし》を握《にぎ》りしめていると、深夏が苦笑いで間に入ってきた。

「まあまあ、正規云々《うんぬん》は抜《ぬ》きにしても、『新生徒会の一存』の短編じゃなくて『生徒会の一存』の短編って表記されてんなら、そりゃ確かにあたし達の出番だろうさ」

「ですです」

真冬ちゃんもこくこくと頷《うなず》いている。……まあ、その理屈《りくつ》は分からないじゃない。俺は渋々《しぶしぶ》ながら着席した。しかし……。

「でも、この時系列が歪《ゆが》みまくっている状況まで許容していいんスか？」

そこがどうしても気になって、目の前の席の妖艶《ようえん》で知的なおねーさん……紅葉知弦その人に訊《たず》ねる。

彼女は「そうね……」と少し考えた末、名案の様に告げて来た。

「じゃあ、このシリーズはそもそも全てキー君の脳内世界の出来事だったという設定を付け加えることで、これまでの全てのメタ発言に違和感《いわかん》をなくしましょうか」

「そんな設定つけるぐらいだったらむしろ矛盾《むじゅん》だらけでいいです！　お願いします！」

あまりに悲しすぎる設定追加がなされそうになり、俺は慌《あわ》てて頭を下げる。

知弦さんは「冗談《じょうだん》よ」と微笑《ほほえ》んだ後、改めて設定を付け加えてきた。

「真面目《まじめ》な解釈《かいしゃく》をつけるなら……少し未来の私達がネット通話で会議中、私が片手間で行っていた政府機関に対するハッキングやら真冬ちゃんの度を超《こ》した妄想《もうそう》力やらが色んなカタチで作用して、シュタゲのアレ的な現象が起こり、全員が記憶《きおく》を保持したまま、あくまで一時的にだけど、高校時代に戻《もど》ったのよ、うん」

「そりゃまた、番外編のクセにシリーズ最大の事件が起こったもんですね！」

全力でツッコミを入れたものの、まあ実際、この辺追及《ついきゅう》しすぎてもしゃーない。俺が「もういいです」と折れると同時に、会長が改めて本日の議題を打ち出してきた。

「さっきも言ったけれど、今回は、ファンタジア騎士《ナイツ》団キャンペーンで応募《おうぼ》券を集めてくれた人用の同人誌に収録されるべく、特別会議を行うわよ！」

『同人誌……！』

「そこの変態オタク二人、変に目を輝《かがや》かせない！」

真冬ちゃんと俺が「同人誌」という響《ひび》きにわくわくしていると、会長にぴしっと注意されてしまった。

補足するように、知弦さんが手元の企画概要《きかくがいよう》に目を落としつつ告げる。

「同人誌と言っても、要は特典小説よ。公式のものだからエロスは無いわ」

彼女の言葉に、俺と真冬ちゃんは二人で「えー」と不満の声をあげた。

「じゃあ、先輩《せんぱい》と中目黒《なかめぐろ》先輩のラブラブで濃厚《のうこう》な絡《から》みは……」

「変な薬品を飲んで、理性を失った俺が役員を触手攻《しょくしゅぜ》めにする陵辱《りょうじょく》展開は……」

「ありません。そしてキー君はしれっと若干倒錯《とうさく》した性癖《せいへき》を暴露《ばくろ》しないで」

冷たくあしらわれてしまった。俺達がしょんぼりしていると、知弦さんから企画概要の用紙を貰《もら》った深夏が、気怠《けだる》そうにそれを眺《なが》めながら呟《つぶや》く。

「あー、ぶっちゃけ、ファンタジア文庫沢山《たくさん》買わせるための、えげつねー特典商法か」

「お前の表現の方がえげつなさすぎるわ！」

俺は慌てて仕事相手のフォローを入れにかかる！　しかし深夏は更に続けた。

「ファンタジア文庫だけで例の応募券五十枚は中々ハードル高《たけ》ぇぞ実際……。電撃《でんげき》文庫な

らまだしもよぉ」

「お前はホント電撃読者すぎるな！　いいの！　これは日頃《ひごろ》から富士見書房《ふじみしょぼう》を応援《おうえん》して下さっている読者様方へのボーナス特典なんだから、皆《みな》さん全然楽勝なの！」

「…………いや結構苦労したよなぁ？　正直普段《ふだん》なら躊躇う新作とか買ったよなぁ？」

「読者に語りかけるのもやめろよ！　なんでメタ度高ぇんだよ今回！」

「同人誌だから」

「便利な免罪符《めんざいふ》すぎる！」

　全力でツッコミまくっていると、真冬ちゃんがくすくすと笑いながら口を出してくる。

「大丈夫《だいじょうぶ》ですよ先輩。生徒会なんて、実際二期アニメ終わった時点で完全にオワコンですから、今更誰《だれ》もこの小説に期待とかしてないです。せっせと応募券集めたのも、デートやD×Dやレイヴンズ、それに丸戸《まると》さんのインタビュー目当てだからのはずです！」

「サラリとなに酷《ひど》いこと言ってんの⁉　きっといるよ！　生徒会読者まだいるよ！」

「でも生徒会といったら、今は『生徒会役員共』の方じゃないですかねぇ」

「いや俺もアレは大好きだけども！　氏家《うじいえ》先生信者だけども！」

「ちなみに真冬と日守さん的には今、弱虫ペダルが熱いです」

「そんな現状報告いいよ別に！　別にそこの情報随時《ずいじ》更新《こうしん》していくつもりないよ！」

「ちなみにあたし的には今、ドラゴンボール改が熱い」

「それはなんか安心するわ！　あまりにブレなさすぎてちょっと感動だわ！」

俺が姉妹にツッコんでいると、なぜか話を振《ふ》ってもいないのに会長と知弦さんも自発的に今ハマっているものを挙げてくる。

「キー君、私は今『魔《ま》法《ほう》少女・オブ・ジ・エンド』が好きよ」

「私はアンパンマン」

「ホントブレないですねっ、貴女《あなた》達も！」

なんかもう少し涙《なみだ》出るわ！　変に感極《きわ》まるわ！　なんだこれ！

——と、真冬ちゃんが何かに気を遣《つか》った様子で「ちなみに先輩は……」と聞いてくる。

俺は待ってましたとばかりに、胸を張って答えた。

「グリザイア三部作に、大図書館の羊飼いに、君は淫《みだ》らな僕の女王に、無邪気《むじゃき》の楽園に、あとは監獄学園《プリズンスクール》と……」

「あ、もういいです。お腹いっぱいです。先輩に聞いた真冬が間違《まちが》ってました」

「なんせヒロイン多数攻略《こうりゃく》済みなのに、こちとらまだ童貞《どうてい》ですからねぇ！」

「そんなこと堂々と言われても真冬困ります」

若干頬《ほお》を赤らめて呟く真冬ちゃん。俺は更に嘆《なげ》く。

「うぅ……新生徒会の一存なんていう、エロゲでいうところのファンディスクまで出ているのに、俺、未《ま》だ童貞ってどういうこと？」

「そこがラノベの限界なんじゃないですかね」

冷たい表情で答える真冬ちゃんに、俺は思わず突《つ》っかかる！

「やることやってるラノベなんていくらでもあるやい！」

「まあそうですけど……ガッツリ描写《びょうしゃ》あるのは少ないと思いますよ？　所謂《いわゆる》朝チュンパターンで、『あー、そういうことあったのか』ぐらいの描写が多いと思いますです」

「そういうのでいいから欲しいんだよ！　一文だけでも既成《きせい》事実をプリーズ！」

「え？　まあそこまで言うんでしたら、真冬権限で地《じ》の文を追加してあげますけど……」

「おおっ！　じゃあ早速《さっそく》……」

そう言うと俺は、中目黒とのあの夜のことを思い出しながらも、火照《ほて》った体を隠《かく》す様に生徒会の会議を続けた。

「思ってたのと違う既成事実追加されたぁあああああああああああああああ！」

おいおいと泣き出す俺に真冬ちゃんが困り果てる中、目の前の席に座る知弦さんが優しくフォローの言葉をかけてくれる。

「仕方無いわね、キー君。ここは……本編で童貞予約した私が、責任を持って、読者さんの夢が広がる一文を追加してあげるわ」

「ち、知弦さん……」

　俺は泣きべそをかいて知弦さんの顔を見上げると、あの一夜の秘め事を……棒状のスタンガンによってもたらされためくるめく快感を思い出して、思わず頬を赤らめた。

「そんなアブノーマルな初体験はいやだぁああああああああああああああ！」

「良かったわねキー君、後日談で素晴《すば》らしいエピソードが追加されて。これで読者もドキドキが止まらないわね」

「違う意味でね！　実際俺が何されたかの議論が止まらないと思いますよ！」

「うん、同人誌という響きに違《たが》わない刺激《しげき》的な会話が出来ているわね、キー君」

「こんなの俺が好きな同人誌じゃないやい！　原作の十倍ぐらい胸が大きく描《えが》かれた知弦さんがアヘ顔ダブルピースしている様なヤツが、俺のイメージする同人誌だい！」

「ヒロイン本人にそういうゲスなこと言えちゃうあたりが、キー君が未《いま》だに童貞のままである理由な気がしてきたわ」

「……確かに、最近俺、ギャグで落とさないシリアス恋愛《れんあい》のやり方が分からないです」

「ハーレム王として若干《じやつかん》終わってきた感あるわね」

知弦さんが俺を憐憫《れんびん》の瞳《ひとみ》で見つめる！　くぅ、悔《くや》しい！　悔しいけど……その視線もそれはそれで興奮しますね！　はぁはぁ！

「なんかちょっと見ないうちに杉崎の変態度が上がっている気がするよ……」

気付けば会長もまた、こちらを蔑《さげす》む様に見ていた。

「ここしばらく、例の葵《あおい》なんたらの書いた小学生主人公の『ぼくのゆうしゃ』を読んでいたせいもあってか、地の文のあまりのテイストの違いに、私、戸惑《とまど》いを隠せないよ……」

「大丈夫、トオルの野郎《やろう》もあと五年もしたらこんな感じになりますから。『よるのゆうしゃ』になりますから」

「ならないよ！　他の男性主人公まで巻き込むのやめなって！」

「またまたぁ。実際デートもレイヴンズも冴《さ》えカノも大体こんな感じでしょう？」

「全然違うよ！　皆もっとまともだよ！」

「D×Dにしたって……」

「……そこは否定出来ないけれども！」

出来ないんだ。

「と、とにかく、ほら、気付いたらもうあんまり残りページ数無いじゃん！　なにこの番外編！　無駄《むだ》にエロスとパロディとメタに溢《あふ》れただけで終わるよこれ！」

「そもそも本編も大体そんな感じだったような……」

生徒会役員達がうんうんと頷《うなず》く中、会長だけが必死に否定してかかってくる。

「流石《さすが》にもう少し中身があったよ！　なんかこう……成長要素とか！」

「……俺達、何か成長しましたっけ？」

「え？…………いやほら……作者の稚拙《ちせつ》な文章力とかが、多少まともに？」

「それを成長要素といえるんですか⁉」

「あと、なんか途中《とちゅう》でカバーデザイン変わったでしょう。あれ成長要素。あと富士見が角川《かどかわ》と離《はな》れたりくっついたり。あれも成長要素。あとなにより、読者が成長したね、うん」

「すげぇ上から目線ですね！」

「いやはや、読者はホント成長したよ、うん。……なんせ私達が一年の学校生活過ごす間に、六年ぐらい経《た》ったからね、読者。……不思議だねぇ」

『……あ、うん、そう、ですね……』

とりあえず全員、なんとなく顔を伏《ふ》せる。……本編終わった後なのに時系列がどうこうと騒《さわ》ぐ前に、一番謎《なぞ》な、サザエさん時空問題があった。ま、まあ、気にしないでおこう。

会長が汗《あせ》をだくだく流しながら話題を変えてくる。

「そ、それはそれとして、折角なんだから、もっと同人誌っぽいことしたいね！」

「え？　それはつまり、触手《しょくしゅ》が――」

「いや、なんか無駄に設定がゴテゴテしたオリキャラと絡んだりとかさ」

『確かにそれは同人誌っぽい！』

「ようし。というわけで、じゃあ、早速入って来て頂きましょう！　同人誌オリジナルキャラの……桔梗院斬夜《ききょういんざんや》君です！」

「……斬夜だ。よろしく」

『誰《だれ》か来たぁああああああああああああああああああああ⁉』

なんか急に扉《とびら》がガラガラと開いたと思ったら、ツンツン跳《は》ねた黒髪《くろかみ》に眼帯かつ帯刀した少年――の仮面を被《かぶ》った真儀瑠《まぎる》先生が入って来た。

「……なにしてんスか、先生」

「斬夜だ。鬼《おに》を斬《き》る一族だ。潜在《せんざい》能力が極めて高いが、親族からは忌《い》み嫌《きら》われている」

淡々《たんたん》と痛い設定を語る真儀瑠先生。見れば、ポケットからどら焼きがのぞいている。

……会長に安い買収されたなぁ、先生。

　先生は台本でも覚え込んだのか、斬夜君の顔のままで更《さら》に語る。

「鬼とは現代に残る怪異《かいい》であり、俺は中でも特殊《とくしゅ》な、鬼と鬼斬りの一族のハーフだ」

「いや聞いてませんが。そして俺達の物語に出てくる必要性をまるで感じねぇけど……」

「生徒会の明るい日常を裏から守っているのが、俺斬夜こと《闇の断罪者《デモニスト》》だ」

「で、出た！　本編のあたし達が道化《どうけ》になるレベルの妙《みょう》に押しつけがましい裏設定！」

「ちなみに椎名深夏とは子供の頃《ころ》に結婚《けっこん》の約束をしていたが、彼女は忘れている」

「わー、来ましたです。一番デリケートな要素である、本編キャラのＮＴＲ設定！」

「……ちなみに俺の本格的な活躍《かつやく》に関しては、オリジナル小説『ヴォイド・レゾナンス』の方を参照してほしい」

「同人と言いつつ、最早《もはや》本編踏《ふ》み台でしかないっていうね。……凄《すご》いわね、斬夜君」

「というわけで、ゲストの桔梗院斬夜君でした！」

　会長の声とともに、真儀瑠先生……もとい斬夜君が退室していく。……凄かった。確かに、これでもかという、同人臭がした。

　調子にのった会長が、更に企画《きかく》を続ける。

「ほかに同人っぽい企画と言えば、勝手なクロスオーバー！　というわけで……どうぞ！　バカテスの――」

『それは流石に勝手に呼んじゃダメェ！』

確かにありがちだけども！　バカテスとか特に絡《から》みそうだけども！　それ、ファミ通に許可も取らずに俺達がガチで呼んだらダメでしょう！

会長はつまらなそうに唇《くちびる》を尖《とが》らせるも、しかし、すぐに「でもさ」といつもの無邪気な笑顔を俺達に向けて来た。

「こうやって……むしろ昔以上に馬鹿《ばか》なこと出来るなら、同人誌って悪くないよね！」

その言葉に、真冬ちゃんが嬉《うれ》しそうに微笑《ほほえ》む。

「そうですね。斬夜君とかもそうですけど、実際ああやって自由なことが出来るのが、同人誌のいいところですからね。とても真冬達向きだと思いますです」

それに、深夏も知弦さんも同意する。

「確かにこういう機会がなきゃ、昔の生徒会で会議するなんて、出来なかったもんな」

「ええ、ホントに。……夢の様な一時《ひととき》だったわね」

皆《みんな》の間に、穏《おだ》やかな空気が流れる。

……俺はニヤリと笑うと、思い切り立ち上がって全力で告げる！

「なぁにしんみりしちゃってんですか！　たとえ同人誌媒体《ばいたい》じゃなくたって、俺達の未来の可能性はいつだってなんでもアリでしょ！　だったらまたいつか、やりたいことやりましょうよ！　今回みたいに！　ね！」

俺の言葉に、皆は一瞬《いっしゅん》キョトンとするも……すぐに笑顔になってくれると、代表して、会長が応じてくれた。

「そうだね杉崎！　よぉし！　またいつかこういうのやるよ！　勿論《もちろん》、読者さんを巻き込んで！　皆、いいよね！」

『おー！』

皆が元気よく雄叫《おたけ》びを上げ、笑顔で場を締《し》めにかか――。

「承知した。俺も全力で鬼を斬ろう」

『お前はいいよ！』

なぜか気付くと斬夜君こと真儀瑠先生も居た。仮面の下でもぐもぐとどら焼きを頬張《ほおば》っている。……もう、ホントグダグダだ。

でも……まあ。

私立碧陽《へきよう》学園生徒会。

そこではたとえ本編が終わろうとも、相変わらず楽しい会議が行なわれている。

「なんかすいません」

by 雨野

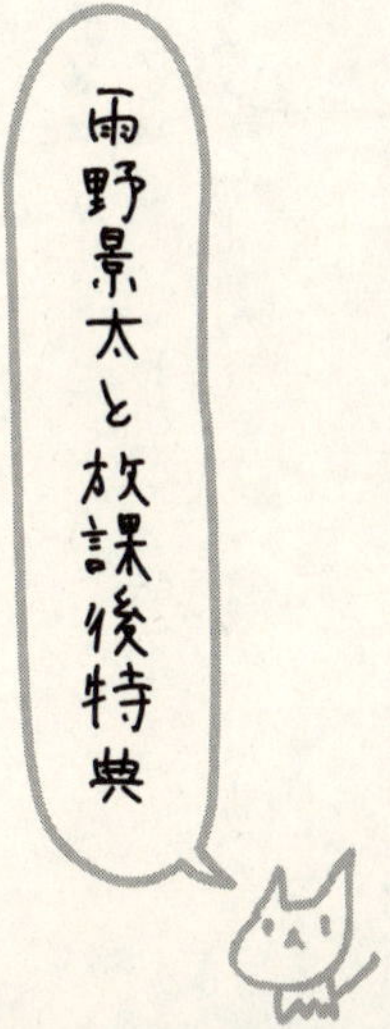

【雨野《あまの》景太《けいた》と放課後特典】

僕、雨野景太は昔から「思い切り」が良くない。

多数決では自分の意見よりも「こっちが多数派っぽいな」という方に挙手するし、髪《かみ》を切る時の決まり文句は「伸《の》びた分だけお願いします」だし、アニメイトとゲーマーズとらのあなどれが一番好きかと訊《き》かれたら、仏の如《ごと》き笑顔でお茶を濁《にご》す。

一見全てをそつなくこなしているようでいて、実際は全てが緩《ゆる》く不正解。結果がどう転ぶにせよ、優柔不断《ゆうじゅうふだん》が故《ゆえ》に迷った時間というのは、無駄《むだ》にしかならない。真剣《しんけん》に検討するが故に迷う人や、迷いながらときめいている人とはわけが違《ちが》うのだ。

そんなわけで今日も今日とて僕は、例の如く馬鹿《ばか》げた迷いの中にいるわけで。


平日の放課後、学生服姿の人間で賑《にぎ》わう夕方のゲーマーズ。

店内は大まかに、書籍《しょせき》コーナー、CD・DVD・ゲームソフトコーナー、グッズコーナーの三つに分かれているのだが、僕は現在、そのうちの書籍コーナー……主《おも》にライトノベルが扱《あつか》われた棚《たな》の前に佇《たたず》んでいた。

が、実際問題、今日の僕はライトノベルコーナーに一切用がない。なぜなら、ゲームを買いに来たのだから。なのだけれど……。

ちらりと、ゲームソフトコーナーの様子を窺《うかが》う。……大学生ぐらいと思《おぼ》しき男女三人組が、なにやらあーだこーだと妙《みょう》に白熱した議論を繰《く》り広げていた。

「ああっ、もうっ、日守《ひのもり》も真冬《まふゆ》ちゃんも分かってないなぁ！　わざわざこの店舗《てんぽ》に来たんだったら、まずやるべきはお宝発掘《はっくつ》作業——売れ残って超《ちょう》安くなった限定版を探す作業なんだよ！　ＯＫ⁉」

「何言ってるんですか先輩《せんぱい》。どこの店舗でしょうが、ゲーマーズですることと言ったらまず店員さんのセンスチェックです。棚の配置からＰＯＰの描《か》き方までじっくりとチェックし、店舗との信頼《しんらい》関係を築いた上で初めて——」

「どうでもいいけどアタシ帰って刀剣○舞していい？　スギサキ、シーナ」

快活そうな男性一人に、ちょっと目を瞠《みは》る程に美しい女性二人という、リア充《じゅう》にも程がある構図の客。だというのにそこで交わされている会話の内容がアレすぎて、イマイチ関係性が見えない。が、ただ一つ分かることがあるとすれば……。

「（あのテンションの高さ、僕みたいなぼっち人間が最も苦手とする人種だよ……）」

特にあの男性。とてもいい人そうではあるけれど、致命的《ちめいてき》に価値観が合わない予感がする。お節介《せっかい》な親戚《しんせき》のおじさんとかと共通した気配を感じる。つまり苦手そう。

というわけで、ゲームソフトを手に取るためとはいえ、どうもあの中に割り入り辛《づら》い。

結果、僕は相変わらず僕らしい弱気な結論……「しばらく様子を窺って、あまりに話が長いようなら、諦《あきら》めて割り入る」という考えに至り、こうして丁度ゲームコーナーが見える位置にあったラノベ棚の前に陣取《じんど》っているというわけだ。

ちなみにゲームソフト自体は勿論《もちろん》他の店……家電量販《りょうはん》店等でも買えるのだが、今回に限ってはどうしてもゲーマーズで購入《こうにゅう》したかった。というのも……。

「(ゲーマーズの特典は毎回ずるいんだよ!)」

ちょっとした憤《いきどお》りと共に鼻息を漏《も》らす。そう、ゲーマーズはよく販売物にオリジナル特典をつけてくるのだが、これがまた非常にずるい。なにがずるいって……魅力的《みりょく》すぎてずるいのだ。

「(聞けばラノベの中には結構なボリュームのオリジナルの特典小説がついてくるものまであるとか……! 一体どういうつもりなんだ! 作者はゲーマーズに何か握《にぎ》られているとしか思えない!)」

任侠《にんきょう》モノなビジュアルのゲーマーズ社員達を勝手にイメージしながら、僕は拳《こぶし》を握り込む。

　ちなみに今回の僕の目的は、ゲームソフトについてくるタペストリーである。これがまた、ソフトの内容自体は硬派《こうは》なRPGだというのに、どういうわけかやたらと扇情《せんじょう》的な構図のヒロインイラスト（描き下ろし）なものだから……いかな本編至上主義の僕だろうと、健康な男子高校生である以上これには反応せざるを得ない。全くもってずるい。ゲーマーズの「男性客のツボ分かってますぜ感」は、ちょっと尋常《じんじょう》じゃない。

　ただ、動機が動機なので、どうにも他の客に割り入ってまでゲームソフトコーナーに向かう気にもなれないわけで。

「（もうちょっと時間潰《つぶ》すか……）」

　僕はそう諦めると、目の前のラノベ棚上段に置かれた新刊一冊をテキトーに手に取り、裏のあらすじ紹介《しょうかい》へと視線を落とした。

〈遂《つい》に始まったヒロシとツバキの同居生活。だけどそれは、トラブルの連続だった！〉

　そこまで読んだところで、「遂に？」と思って巻数を確認してみる。どうやらラブコメ作品の第二巻だったようだ。いつも思うが、ライトノベルはイマイチ巻数が分かり辛い。だというのに、あらすじが前の巻の完全ネタバレだったりするから困る。一応ある程度は配慮《はいりょ》して作られているとはいえ、もしこのラブコメシリーズの一巻が「ヒロシとツバキが同居するかしないかのハラハラ」で物語を牽引《けんいん》するタイプだったら悲劇だ。今から一巻読んでも、終始「いや結局同居するんでしょ、お前ら」としか思えないだろう。

「(まあ別にこのシリーズをがっつり読む気もないいんだけどさ……)」

そんなことを思いつつ、あらすじの続きへと視線を戻《もど》す。

〈お風呂場《ふろば》での遭遇《そうぐう》、寝《ね》ぼけからの同衾《どうきん》、お互《たが》いの下着の洗濯《せんたく》トラブル。周辺住民の騒音《そうおん》問題に、ゴミ処理施設《しせつ》の建設反対活動、急逝《きゅうせい》したヒロシの祖父の遺産相続を巡《めぐ》る骨肉の争いから、ツバキ発案のゆるキャラ盗作《とうさく》問題まで〉

「後半ガチトラブルすぎない⁉」

なにこれラブコメじゃないの⁉　誰《だれ》が望んだのこの展開⁉　ヒロシとツバキ、同居している場合なの⁉　こうなってくると、むしろ序盤《じょばん》のテンプレなお風呂場サービスシーンとかいらなくない⁉

僕は動揺《どうよう》しながらも、あらすじを最後の煽《あお》り文まで読み切る。

〈大人気の異世界戦記ファンタジー、珠玉《しゅぎょく》の第二巻が装いも新たに登場!〉

「戦記モノだったの⁉　そして新装版なの⁉」

ぎょっとして改めて作品タイトルを確認してみると……なるほど、僕は先程意味を多少取り違えていたのかもしれないと妙に感心してしまう。というのも、そのタイトルというのが……。

『やはり私の学園ラブコメはまちがっている』

「確かに」

いやはや、僕は少し侮《あなど》っていた。いくら「まちがっている」とついているとはいえ、言ってもそこは、結局ラブコメっぽい話に収束するのだろうと。まさかそもそもジャンルからして間違えてくるとは……。見れば作者さん、一般《いっぱん》文芸界の大御所《おおごしょ》おじいさんだった。タイトルの「私」は、ヒロインとかじゃなくて、この作者さんのことかもしれない。

少し興味が湧《わ》いてきたので、棚から一巻を探してあらすじを確認してみる。が——

〈顔が濃《こ》い高校生ヒロシ・フジオカは、ある日の朝街角で二日酔《よ》いの転校生オニヤッコ・ツバキとぶつかり〉

すぐに中断する。

「ごめん、フルネームが衝撃《しょうげき》的すぎて僕の中ですぐに消化しきれないよ」

なんで某《ぼう》初代ライダーさんと某酒焼け女芸人さんをモデルにしたんだ。高校生ヒロインが堂々と酒を飲んでいることといい、一体どこまで間違うんだ、この学園ラブコメは。

ごくりと唾《つば》を飲み込んでから、改めてあらすじの続きを読もうと視線を落とす。

が、その瞬間《しゅんかん》、背後から肩《かた》を叩《たた》かれた。驚《おどろ》いて振《ふ》り返ってみると、そこには
「て、天道《てんどう》さん⁉」

我が校のアイドル、天道花憐《かれん》その人が輝《かがや》くような笑顔で立っていらっしゃった。

が、彼女はなにやらハッとした様子ですぐに笑顔を引っ込めると、綺麗《きれい》なブロンドを揺《ゆ》らしてそっぽを向き、頬《ほお》を染め、僅《わず》かに唇《くちびる》を尖《とが》らせ気味にしつつ告げてくる。

「べ、別に、雨野君に会いにきたんじゃないんですからね！」

「は、はぁ、まぁそうでしょうね」

言われなくてもそれは分かる。だって天下の天道さんが僕みたいな平凡《へいぼん》モブキャラにわざわざ会いにくる理由がない。いやまあ、最近色々あって知り合いと言えば知り合いなのだけれど、それだけだ。少なくとも、彼女とは未《いま》だに友達と呼べるレベルじゃ全然ない。

しかし天道さんはそんな僕のリアクションの何かが不満だったらしく、ぶつくさと小声で呟《つぶや》き始めた。

「……なによそれ。確かに私はわざわざ雨野君探していたわけじゃないけれど、キミがここに入るのをたまたま見かけたから追ってきたところはあって……」

「？　どうしたんですか天道さん。そんなツンデレヒロインみたいな台詞《せりふ》言って」

「⁉　聞こえてたの⁉」

「そりゃまあ、目の前で呟いているんで」

「え、でもそこはお約束的に聞こえないべきじゃないの⁉」

「は、はぁ。でも聞こえたものを聞こえてないと言うのもおかしな話で……」

「ぐ……！　ま、まあ、そうですけど……！」

なにやらぐぬぬと歯嚙《はが》みする天道さん。……おかしいな。どうして僕はこう、自分では至極普通《しごくふつう》の対応をしているつもりなのに、毎回彼女を怒《おこ》らせてしまうのだろう。

仕方ないので、僕は少しジョークでも交えてみることにする。

「あはは、天道さん。そんなリアクションばっかりしてたら、まるで僕のこと好きみたいに見えちゃいますよ？」

「………。……そ、それは困りものですね……」

「まったくですよ」

「〜〜！」

なぜか天道さんが悔《くや》しそうに地団駄《じだんだ》踏《ふ》んでいた。……おかしい。僕はまた何か間違えたらしい。が、その理由が全く分からないということは、やはり僕の対人スキルレベルはまだまだ圧倒《あっとう》的に低いようだ。反省。

とはいえ、落ち込んでばかりもいられないので、僕は話を戻すことにした。

「それで、天道さんはどうしてゲーマーズに？」

「え？　ええとそれは……」

「ゲーマーズなんか、ゲーマーが来るところじゃないでしょう」

「ちょ、ちょっと待ちましょうか雨野君！」

なぜか天道さんが慌《あわ》てて僕の発言を止めにかかってきた。僕は首を傾《かし》げて続ける。

「天道さんは、ゲーマーズなんかに用事なさそうなもんですけど」

「と、取りあえず『なんか』って言うのやめましょうか雨野君！　ねぇ！」

「？　いや僕個人としては、ゲーマーズ好きですよ？　でもガチゲーマーたる天道さん的には、ゲーマーズなんか、という感じだろうなと」

「まさかの私一人に責任を負わせ始めた！　いえ思ってないわよ！　私も別にゲーマーズ『なんか』なんて、少しも思ってないわよ！」

「？　どうしたんですか天道さん。そんなにフォロー入れて。いいんですよ、普段《ふだん》みたいに、ゲーマーズをゴリゴリに批判してくれて」

「してないよねぇ!?　私一度もしたことないわよねぇ、ゲーマーズ批判！」

「まあ、僕の前では……」

「他の場所でもしてないわよ！　なんなのその変な気遣《きづか》い！　というか雨野君、どうしてこの状況《じょうきょう》下でそんな地雷《じらい》原に足を踏《ふ》み入れていくの⁉」

「？　今日はなんだかおかしな天道さんですね。それじゃまるで、この会話がゲーマーズ特典小説か何かになるみたいな勢いじゃないですか」

「貴方《あなた》の鋭《するど》さと鈍感《どんかん》さのバランスって一体どうなってるの⁉」

天道さんがなぜか僕を化け物でも見るかのように目を見開く。うーん、おかしいな。僕はとにかくできるだけ天道さんに気を遣って喋《しゃべ》っているのだけれど……どうも全てが裏目に出ている気がしてならない。

このままだと話せば話す程彼女の僕に対する好感度が下がりかねない。しかし、僕はこの場所から立ち去るわけにはいかない。となれば僕が今言えることはただ一つだ。

「天道さん、まだ帰らないんですか？」

「そんな扱《あつか》いってある⁉」

天道さんが愕然《がくぜん》としていらっしゃった。彼女はぽけっとした僕の顔を見つめてなにやら全て諦《あきら》めた様子で肩を落とすと「じゃあまた……」と呟き行ってしまう。

「（ふーむ、あれじゃまるで僕と親しくしたいみたいじゃないか）」

学園一の美少女にそんな態度取られたら、元々彼女に恋《こい》していた僕の胸はときめいてしまうけれど……。

「(いやいや、これはきっと神の仕掛《しか》けた罠《わな》だ!)」

僕はハッとして気を引き締《し》め直す。ぼっち野郎《やろう》が美少女にちょっと優しくされただけで「僕のことが好きなのかも」と思い込むだなんて、痛いにも程がある。このままこのトラップにはまり続けると、最後にはポリス沙汰《ざた》のオチが待つだけだ。

僕は深呼吸を繰《く》り返してできるだけ天道さんへの気持ちをフラットに整え直す。……どうも毎回これが行き過ぎて失礼な態度をとってしまっている気もするけれど……いや、僕みたいな自惚《うぬぼ》れ勘違《かんちが》い野郎には、これぐらいで丁度いいはずだ。うん。

天道さんが去るのを見守り、もう一度ゲーム売り場を確認してみる。……と、そこには……。

「へえ、あの深夏《みなつ》がねぇ。そりゃまた意外な……」

「ですです。まったくお姉ちゃんには困りものですよ」

「あ、そういや、ホクトがこの前アスカにばったり会ったって」

『へー』

「(なんか完全に世間話始めてた!?)」

和気藹々《わきあいあい》と互いに近況《きんきょう》報告を始めたリア充《じゅう》集団の姿があった。

な、なぜここでそれをするの!? いやがらせ!? 僕に対するいやがらせなの!?

「(これはもう、言わなきゃ無理だな。……しょうがない、そろそろ行くか……)」

ごくりと唾を飲み込む。……やばい、なんかさっきより割り入り辛《づら》い。こう、彼らの間に無駄《むだ》に温かい空気が漂《ただよ》っていて、部外者が邪魔《じゃま》していい会話じゃない気がする。いや、それこそ本来ゲーマーズの店内ですることじゃないんだけど。そうはいっても……。

僕が尻込《しりご》みしてそわそわとしていると、今度は背後から「……ねぇ」と、どこか陰険《いんけん》さを含《ふく》んだジメッとした女性の声がかけられた。

僕はその声質ですぐに誰か気付きながらも、振り返らず応じる。

「すいません海藻《かいそう》なら足りてます」

「足りてないからチビなんじゃないの」

一言目からこれだ。僕がムスッとしながら振り返ると、そこには僕と同じかそれ以上にムスッとした女子がいた。……僕の天敵、星ノ守《ほしのもり》千秋《ちあき》だ。間違っても友達じゃあ、ない。

天然でウェーブがかった髪《かみ》の毛先を指でくるくると弄《もてあそ》びながら、チアキは僕を睨《にら》みつけてくる。

「……邪魔なんだけど」

「は?」

「だから……」

うざったそうに視線を逸《そ》らしながら、どこか気まずそうに呟くチアキ。

「そこの………そこの棚《たな》、見たいんだけど」

「？　そこの棚って……ライトノベル？　チアキが？」

珍《めずら》しいこともあるもんだと、僕は目をぱちくりとさせる。というのもこのチアキ、同じゲーム好きながらもなんで僕と相性《あいしょう》が悪いかって、それは「萌《も》え」に対する見解の相違《そうい》からなのだ。僕は断然アリ派で、チアキは百害あって一利なし派。

だから、彼女がラノベを読むというのは実に意外だった。勿論《もちろん》萌え系《けい》ばかりじゃないのは分かっているけれど、そうはいっても……。

僕が呆《ほう》けていると、チアキは少し焦《じ》れた様子で僕をぐいっと押しのけ、棚上段に手を伸《の》ばす。そうして、彼女が手に取ったライトノベルは

「え、ちょ、チアキ！」

「ふぇ⁉　な、なになに⁉」

僕がガッとその手首を掴《つか》むと、彼女は目を白黒させて動揺《どうよう》し、素《す》の表情を見せる。元々僕以外に対しては弱気な人柄《ひとがら》なのだ。……まあ僕も彼女以外には弱気なんだけど。

僕は彼女が動揺するのにも構わず、勢い込んで訊《たず》ねた。

「チアキ、この小説――『やはり私の学園ラブコメはまちがっている』の読者なの⁉」

「う、うん、そ、そうだけど……」

怪訝《けげん》そうに僕を見つめてくるチアキ。僕は軽く謝罪して彼女の手首を離《はな》しながら、ごくりと唾を飲み込み、質問を続けた。

「そ、それ……面白《おもしろ》いの？」

「えとえと……『がくぶる』のこと？」

まさかの略称《りゃくしょう》だった。それはさておき、僕はこくこくと頷《うなず》いて彼女の答えを促《うなが》す。

チアキはイマイチ事情が分からない風ながら、好きなもののことなら相手が天敵だろうと喜んで話すという持ち前のオタク精神で、活《い》き活きと語り出した。

「あのあのっ、自分、これ昔から好きでっ！　だから、新装版も絶対発売日に手に入れたくて！」

「へー、昔っからある小説なんだ」

「うん、旧版の全八十二巻も全部持ってる」

「超《ちょう》大作にも程がある！　なにそれ！　全然ライトなノベルじゃないんだけど！」

「まあ元々ライトノベルじゃないから。これは今の若者向けに著者自ら改稿《かいこう》して出し直しているだけで……」

チアキが二巻の表紙をこちらに向けながら語る。僕はようやく得心がいった。

「なるほど、だから後半から突然《とつぜん》重い社会問題が出てくるのか……」

「うんうん、あれ唐突《とうとつ》だよね。……なんで足したんだろう」

「そっち⁉　そっちが足した部分なの⁉　じゃあ元々の小説って⁉」

「ガチの異世界戦記ファンタジーだけど」

まさかの、あの煽《あお》り文の方が正解だったらしい。

「なんかめっちゃ内容改変されてるっぽいけど、チアキは……読者はそれでいいの？」

「え？　ああ、うん、確かにそこはちょっと、ね……」

可愛らしいイラストの表紙を眺《なが》めながら苦笑するチアキ。やっぱり読者的には、ここまで内容を改変されたら怒る人もいて当然――

「正直実写の『藤〇弘』と『椿鬼〇』が表紙飾《かざ》ってた旧版の方が良かったです……」

「そこ⁉　そこなの⁉　っていうか旧版尖《とが》りすぎだろう！」

「あ、内容はほぼほぼ変わってないよ」

「変わってないんだ！　社会問題放り込んだ以外、変わってないんだ！」

「こういう内容なのに、それでも萌え系イラストをつけて売ろうとする現代社会……自分はどうかと思います！　やはり萌えは全てを駄目《だめ》にする！」

「ぐっ、やばい、これに関しては全く反論の余地がない！」

ホントなんでこの作風の小説に萌え系イラストつけてラノベにしたんだよ！　編集の意図が全く分からな――

「まあ、第一巻のあとがきによると、ゲーマーズさんからの猛《もう》プッシュで実現した企画《きかく》だったらしいですけど」

「なんて企業《きぎょう》なんだゲーマーズ！」

「なのでなので、二巻にはゲーマーズだけの特典として、作者による書き下ろし小説が、文庫三冊分ついてくるらしいです」

「最早《もはや》特典と本編のバランスがおかしなことになっている！」

もう特典という概念《がいねん》の意味がよく分からなくなってきた。というか、これに関してはゲーマーズよりも、作者がおかしい気もする。そういえば昔、葵《あおい》なんたらっていう作家が、ゲーマーズから依頼《いらい》された以上のページ数を特典小説に書き下ろしてしまい、担当者を超困らせたとかいう噂《うわさ》を聞いたような聞いてないような。ということは、むしろ特典というシステムの被害者《ひがいしゃ》だったのか、ゲーマーズ。……ホントご苦労様です。

僕が心の中で敬礼していると、チアキが続けてきた。

「そりゃそりゃ、読者としては特典目当てでゲーマーズにも来るってもんです」

「なるほど」

結局はチアキも特典目当てで来ていたということか。

ふむふむと納得していると、今度はチアキの方から質問された。

「それでそれで……その……ケータは何でここに？」

「あー、いや、僕は今日発売の新作ゲームの特典目当てで……」

「……そうですか」

「……そうです」

相変わらず行動パターンが一緒《いっしょ》すぎることを受け、お互《たが》い微妙《びみょう》な空気で黙《だま》り込む。

「……まあ自分もあのソフト、今日買いましたけど」

「……そう。……面白いよね、あのシリーズ」

「……まあ……」

「…………」

お互いがお互いを横目でちらちらと見る。……正直、語りたい。あのゲームについて、同志とめっちゃ語り合いたい。語りたいけど……こう、相手が相手なので、互いに言い出せない。ここに、上原君——僕とチアキ共通の知人がいてくれれば、もう少しなんとかなるんだけれど。二人きりだとどうにも……。

「じゃ……」

「うん……」

結局、チアキは目的のライトノベルを持ってレジへと向かう。僕はなぜだかどっと疲《つか》れて大きく溜息《ためいき》を吐《つ》くと、気を取り直して、今一度ゲームソフトコーナーの様子を窺《うかが》った。

すると、そこでは――

「お、やっぱり杉崎《すぎさき》いた！　ほーらオレの予知した通りだろ、アネキ！」

「なにが予知した通りよ。杉崎だけじゃなくて、他の女までいるじゃない！」

「よぉ、久しぶりだな、守《まもる》、巡《めぐる》！」

なんか増えていた。美男美女が増えていた。

「(もうアンタら他行けよぉおおおおおおおおおおおおおおおおお！)」

その同窓会みたいなの、ゲーマーズですることなの!?　ねぇ!?　なんなの!?　いやがらせなの!?　また、僕以外のお客さんは誰《だれ》一人としてゲームソフト売り場に用がないらしく、全然迷惑《めいわく》そうにしてないのが余計やるせない！　彼らに漂う柔《やわ》らかく温かい雰囲気《ふんいき》には店員さんもほっこりしており、全然注意してくれそうもないし！　っていうか僕だけかよっ、迷惑がってるの！

僕は思わず大きく息を吐き、肩《かた》を落として彼らを見つめる。

「(でも、まあ、確かに……見ていて面白い人達では、あるのかな)」

実際こうして僕がダラダラと彼らを見守ってしまっているのは、偏《ひとえ》に、彼らのやりとりが楽しいからだ。それも、長く見ていれば見ているほど、なんだか入れ込んでしまう。

「…………」

僕は軽く肩を竦《すく》めると、棚にあった生徒会のなんたらというライトノベルをテキトーに手にとり、まったりとあらすじに視線を落とし始める。

「(ま、別に急ぐ理由もないし、もう少しこのゲーマーズにいるのもいいか……)」

実際そのおかげで、天道さんや……まあついでにチアキとも喋《しゃべ》れたわけだし。さっさとゲームを買って帰宅しただけでは、こうはいかなかっただろう。

……優柔不断《ゆうじゅうふだん》が故《ゆえ》の迷いから生じる時間は、基本無駄にしかならない。それは事実だけれど。

「無駄」は「楽しい」に繋《つな》がる要素でも、あるから。

「(あと少し。あと少しだけ様子見して……それから、ゲーム買って帰ろう。うん)」

僕はそんな風に、ぬるく、決断を焦《あせ》らないことこそを、決断すると。

放課後のゲーマーズに流れるゆったりとした、ある種の特典みたいなこの時間を、改めて心の底から楽しみ始めたのだった。

存在しなくてもよかったエピローグ

杉崎「(う、うーん、あの少年、全然ラノベ棚の前から動いてくれる気配ねぇなぁ。生徒会シリーズの陳列状況《ちんれつじょうきょう》確認したくて、ずっと待っているんだけど……どうしよう。こっちが声かけようとすると、そのタイミングで決まって美少女と親しげなやりとり始めるし。っつーかなにあの草食系装ったリア充《じゅう》。めっちゃ羨《うらや》ましいんですけど。……はぁ。ま、このゲーマーズなんか妙に居《い》心地《ごこち》いいし、しばらくまったり待つか)」

＊

結局互いに閉店間《ま》際《ぎわ》まで堂々と居座った結果、流石《さすが》に店員さんに怒《おこ》られました。

私立碧陽学園生徒会

Hekiyoh School student council

あとがき

生徒会シリーズ読者の方は本当にお久しぶりでございます。葵《あおい》せきなです。

生徒会のあとがきを最後に書いて（祝日）から、丸三年にもなるみたいです。驚《おどろ》きですね。三年あったら、中学や高校生活終わりますもんね。長いな、三年。

ちなみに私、葵せきなは、この三年、「ぼくのゆうしゃ」というシリーズを八冊出し、更《さら》に次にやっている「ゲーマーズ！」シリーズの五巻目がこの付録のついたドラマガと同時発売になろうか、という感じです。

つまりあれから計十三冊も本を出しており、当然私の作家としての技術は格段にレベルアップ、業界内では「大作家先生様」としての風格さえ漂《ただよ》わせ始めている昨今であり、そんな私にかかれば、あの頃《ころ》とは違《ちが》って「あとがき」なんてお茶の子さいさい――

――ごめんなさいすいません調子乗ってました謝りますこのとおりだからお願いします15ページだけは……ああああああぁぁぁぁぁぁ……。

というわけで、改めましてお久しぶりでございます。編集部に「葵さんといったら長文あとがきなので、付録にも15ページあとがきちょーだい。よろー」と突如《とつじょ》フランクに悪夢を押し付けられた自称《じしょう》大作家先生様、葵せきなでございます。

……えっと……あのぉ……皆《みな》さん？

つかぬことをお訊《たず》ねしますが……あの……私が不勉強なら大変申し訳ないのですが……雑誌の、それもちょっとした一企画の付録に、作家が15ページにわたる「あとがき」を書かされるのって、世間的に普通《ふつう》のことなんでしょうか？

…………。

え？　あ、そ、そうなんですか？　普通……なんですか？

そ、そう、ですか。はぁ……すいません、なんか生意気に折角貰《もら》った仕事に文句を言って。そ、そうですよね。世の中の作家は皆、雑誌の付録に、15ページ分のあとがき書いているんですよね。そうですよね。

……………。

で、でもですね、あの……この雑誌と同日発売の「ゲーマーズ！5」の方でも私が既《すで》に14ページものあとがきを書かされた直後だということを考慮《こうりょ》すると、これは流石《さすが》に異常事態と言っても——よく、ないんですか？　え？　作家どころか、社会人たるもの、これぐらい普通にあることなんですか？

そ、そうですか……なんか私、甘ったれたこと言ってすいませんでした。それどころか私、正直、皆さんに担《かつ》がれているんじゃないかと疑っていました。ホントすいません。心機一転、気合いを入れて、あとがきに臨《のぞ》ませていただきたいと思います。

あ、で、でもその、ちょっと、その前にお手洗いに行かせて下さい。

失礼致《いた》します。


…………

……………………クソがぁぁぁああああああ……………………。


はい、ただいま戻《もど》りました。あとがき大好き、編集部はもっと好き、読者の皆《みんな》、愛してる！　そんな笑顔が眩《まぶ》しい作家、葵せきなでございます。

……いや、でも、実際おかしくない？　確かにドラマガ本誌の方には新しく「生徒会の一存」シリーズ短編を書き下ろしましたが、ことこの文庫に限って言えば、これまでの未収録短編の集合体ですよ？

つまり三年以上前に書かれたものを、より集めた付録なわけで。

そんな短編達に、この三年後の私が、15ページも語ることって、あると思います？

こんなこと言うと読者の皆さんには、「葵せきな、『生徒会愛』無《ね》えな……」なんて失望されちゃうかもしれませんけど。

いや、皆さん、考えてみて下さいよ。たとえば皆さん……そうだな。たとえば三年前にプレイしたゲームのことを思い出してみて下さい。で、その主人公へ自分が当時なんとなーくつけた名前に関して、今日、急に、担任の先生から、「原稿《げんこう》用紙五枚分『主人公の名前制作秘話』を書いて提出な。期限明日」って言われたら、どう思います？　「は？」の一言でしょう。いや確かに当時はすっごい考えてつけた名前だし、勿論《もちろん》思い入れもあるけれど、なにせ三年前ですよ。しかもこちとら、たった今、原稿用紙四枚分「僕とゲーム」という作文を別の先生に提出したばかりですよ。しかもその作文中で多少「名前の付け方」とか触《ふ》れちゃってんの。もうネタのストックなんざないの。なのになぜか担任の先生からは「超面白《ちようおもしろ》い作文」あがってくんの期待されてんの。

……あの、ちょっとお訊ねしたいのですが、「世界の新作拷問《ごうもん》お披露目《ひろめ》会」の会場はこちらであっていたでしょうか？

まあ何が一番厄介《やつかい》って、あっちのあとがきもこのあとがきも……結局この私自身が、長文書くべきなんだろうなと納得しちゃっていることでして。編集部の言う「葵さんだから長文で」という理不尽《りふじん》すぎる理屈《りくつ》に、「ですよね」と思っている私もいるという。

なので、いい加減グチばかりで尺を稼《かせ》ぐのはやめ、真面目《まじめ》にあとがきやろうと思います。

というか、やんなきゃ終わらない！

……まあ、生徒会読者さん的には「グチこそお前のあとがきの本編だろうが」という奇特《きとく》な方もいらっしゃいそうですが。

こほん。


さて、実際ホントに物凄《ものすご》く久々の生徒会でした。正直、今回の雑誌の方に収録されてます新作短編を書き下ろす際、初めはちょっと「おっかなびっくり」にもなりましたよ。なにせ生徒会終了《しゅうりょう》から現時点までに2シリーズ挟《はさ》んでいるので、ちゃんといつもの杉崎《すぎさき》や会長が描《えが》けるのかなと。

ですが実際書き出してみると、意外にもそう違和感《いわかん》はありませんでした。

自分で言うのもなんですが、生徒会って凄《すご》く人物像がクッキリしているんですよね。こいつがこうボケたら、こいつはこう受けるだろうな……っていうのに、迷う余地がない。

結果、以前生徒会シリーズを書いていた時と殆《ほとん》ど全く同じテンションで書くことが出来ました。特に真冬は、口調だったり、あと、現在やっている「ゲーマーズ！」との趣味《しゅみ》部分での兼《か》ね合いだったりで、全然「しばらく書いてなかったな」感がありませんでしたよ。下手《へた》すると杉崎より私の中に根強く残ってます。椎名《しいな》真冬。序盤《じょばん》以降全く出て来なくなった病弱設定といい、相変わらず不思議なキャラです（「不思議」で強引《ごういん》に片付ける）。

あと、今回の企画《きかく》に際しまして、この付録に収録されています「本編未収録短編」を自分でも改めて読み返したのですが……いや、ホント、覚えてないですね。というのも、やっぱり本になるとパラパラ読み返す機会も多いんですよ。設定や展開確認とかで。でもこういうのは……番外編なので基本単体で完結していますし、当然本編に影響《えいきょう》及ぼさない外伝ですので、もう一度参照の必要に迫《せま》られることもなく……。

結果、今回の短編は全部読んでて妙《みょう》に新鮮《しんせん》でした。

折角なので、全作品にコメントつけていきますと。

【綺麗《きれい》な生徒会】

ブルーレイ特典小説ですね。書いたことやタイトルは覚えていたのですが、内容に全然覚えがなく（笑）。ただ、本編終了後だったので「卒業しませんでしたっけ」ネタから始まっているのは覚えていました。でもまさか深夏《みなつ》の夢ボケをもう一回やっているとは……。

改めて三年後に読むと、自分でもガチで何言ってんのか分からないですね。なんだこれ。誰《だれ》だこれ書いたの。

あと「十異世界《とおい》」という単語に「あったなそんなの！」と衝撃《しょうげき》を受けました。そもそも三年前の時点でよく覚えてたな私、その単語。ちなみにこの「十異世界」とは、「生徒会の三振《さんしん》」収録の「旅立つ生徒会」に出て来る、真冬が中心となって作ったオリジナルゲームのタイトルです。読者さんは覚えてましたか？　私は忘れてたよ。ただ、完全に自画自賛しますが、この「十異世界」っていうタイトル、なんかホントうまいこと出来ていますよね。三巻の作中でも登場人物が言ってますが。「遠い世界」であり「十の異世界」であり、そしてなにより「せいとかい」のアナグラムという……。……いや、だからといって、誰も何も得はしないいんですけどね！

【番外編反省会】

ゲーマーズさんでドラマガと「生徒会の土産《みやげ》」を同時購入《こうにゅう》すると貰える小冊子収録短編だったものです。「綺麗な生徒会」に続いて、中々入手ハードル高いですね。

内容はこれまた完全に忘れていました。それどころか、「流南《るな》」とか「善樹《よしき》」という名前に一瞬《いっしゅん》「誰？」となる始末。……い、いや、ほら、二人とも、本編だとどちらかというと名字で呼ばれるキャラだからさ……。

台詞形式で書いているのも中々珍しいのですが、文章量限られる中でやろうとするとどうしても風景描写《びょうしゃ》とかに割《さ》いていられないので、こういうカタチなんだと思います。

【旅路】
「生徒会の土産」初回生産限定カバー裏ショートストーリーだったみたいです。……その性質上、これだけ単体で読んでも「なんじゃこりゃ」ですね。いや、土産の二次会話のラストに関係するんですよこれ。持っている方は、その流れで土産のラストをチェック！というか、そうしないとボケとして成立してないから！

【続・邂逅《かいこう》する生徒会　～禁断のラスボス対決～】
「生徒会の一存」完結＆ぼくのゆうしゃ開幕記念ブックレット収録。今読み返すと一番「本編」でもいい短編かと。シチュエーション設定が設定だけに、なんか凄《すさ》まじく豪華《ごうか》。また「新生徒会」のキャラ達はその物語の性質上、あまりギャグ話が多くないメンバーなので、彼女達が楽しく喋《しゃべ》っていると作者としても妙に嬉《うれ》しいです。
特にこの話の本題である松原飛鳥《まつばらあすか》と火神北斗《かがみほくと》のくだりは、ある種新生徒会本編をガッツり補っていると言っていい内容なので、個人的には今回の収録作品の中で一番、生徒会読者さんの目に触れてほしいものかもしれません。

【蘇《よみがえ》る生徒会】

ファンタジア文庫二十五周年を記念して行われた「ファンタジア騎士団《ナイツ》キャンペーン」賞品であるところの、ファンタジア文庫公式同人誌収録短編。

冒頭《ぼうとう》が「卒業しましたよねネタ」短編、第二弾《だん》。並べて読むとやりとりかぶっちゃってますね。うぅ……。

かといって「最終巻」やら「新生徒会」の後に、しれっと通常生徒会も中々難しく、結果こういうやりとりが入るカタチに。

これまた全く内容覚えていませんでしたが、なんかやりたい放題ですね。同人誌という免罪符《めんざいふ》のもと、普段《ふだん》より別作品名多目でお送りされています。

【雨野《あまの》景太《けいた》と放課後特典】

ゲーマーズさんで「ゲーマーズ！」一巻を買うとついてきた特典の小説です。

語り部《べ》含《ふく》め生徒会というよりは「ゲーマーズ！」ですが、こっそり背景に出て来る○年後の杉崎達。

ちなみにこの「ゲーマーズ！」、読まれていない生徒会読者さんに概要《がいよう》説明しますと。某《ぼう》北の大地の高校を舞台《ぶたい》に、ぼっち少年がゲーム部に誘《さそ》われて……その結果、楽しく美少女とラブコメする話です。……え？　なんですか「ゲーマーズ！」読者さん。私何も間《ま》違《ちが》ったあらすじ紹介《しょうかい》してないですよね？　変な人達ですね、まったく。

で、この物語の舞台は碧陽《へきよう》学園の近隣《きんりん》高校である「音吹《おとぶき》高校」なので、ほんのり、碧陽学園の話題が出て来たりします。勿論、生徒会の続編とかでは全然ないですけどね。それでもノリ自体は生徒会のそれに通ずる部分もあるので、お嫌《きら》いじゃなければ是非《ぜひ》。一巻表紙は、某生徒会のゲーマーさんに人生をガッツリ曲げられた不遇《ふぐう》な金髪《きんぱつ》女性です。

今回の短編についてはこんな感じですかね。

……それでもまだページ数が余っていますので、じゃあ、私のここ三年の報告でも致しますと。

まず生徒会終了直後……というか同時ぐらいに「ぼくのゆうしゃ」というシリーズを始めまして。全八巻で去年の秋に完結しているのですが、これの最終巻周辺（六、七、八）が私の作家生活の中でも三本の指に入るキツイ期間でしたよ。

いや、作業量自体は生徒会に比べたら別にそうでもなかったハズなんですが……なにせこのシリーズ、長編作品なだけに終盤《しゅうばん》戦は「一巻まるごとずーっとクライマックス」みたいな状況《じょうきょう》が続いたので、書いていてガリガリ疲弊《ひへい》するのですよ。まあ伏線《ふくせん》回収段階は楽しい期間でもあるのですが（そこが書きたくてやっていたわけで）。……なのでなので、興味あったら是非シリーズ最大の「ここでネタバラシ」がある六巻ぐらいまで読んでみてね「ぼくのゆうしゃ」！（突然《とつぜん》の宣伝）ハーレム王は出て来ないけど、色欲《しきよく》に加えて金銭《きんせん》欲と名誉《めいよ》欲も強いクズみたいなイロモノ魔《ま》法使《ほうつか》いなら本編にたっぷり出て来るよ！（宣伝効果を打ち消した感あり）

まぁ、苦しいという意味じゃ、生徒会の終盤もそれはそれで「何度目の最終回だこれ問題」とか「会議ネタなんかそんなにぽんぽん出るかーい問題」とかあって、別種の苦しさがありましたが。

その点、現在やっている「ゲーマーズ！」シリーズは元々完全な趣味でつらつら書き始めた作品だけあって本当に楽しく楽に……やっていると思ったら大間違いです。

が、具体的に何が苦しいのかは、是非本編を読んで確認して頂けたら幸いです（また宣伝）。……作者も先の展開の予想がつかない物語って、なんなの……。「生徒会の一存」とも「ぼくのゆうしゃ」ともまた違う苦しみって、あるんだね！　深いなぁ、執筆《しっぴつ》。

と、ネガティブに苦しい苦しいばかり言ってるのもアレなので明るい話題もすると。相変わらずゲームは超《ちょう》楽しくやってますよ。それが高じて「ゲーマーズ！」なんてシリーズ書くぐらいには。……まあ「ゲーマーズ！」がゲームをがっつり扱《あつか》っているかどうかはさておき……ごほん！

アニメやドラマや漫画《まんが》も、何かハマッたものが終わる度《たび》に「これ終わったら自分は明日から何を楽しみに生きていけば……」と切なくなる割には、この三年結局常に楽しく生きられているあたり、次から次に私にとって面白《おもしろ》いものが出て来てくれているのでしょう。そういう意味ではとても幸せな三年だったようです。

あ、ただ、「楽しいものが多すぎる」世の中になった感はあるかもなとは、多少思います。……なんかおっさんの「昔は良かった」的論調になっていてイヤですが。

昔が良かった云々《うんぬん》よりは……なんかこう、私の子供の頃《ころ》って、

「もんのすごく暇《ひま》を持て余《あま》す場面」

ってのがあったんですよね。休みの日なのに、夜のアニメ放送まで、ガチでなんにもすることない、みたいな。ソファの上で一日「ほけー」っとし、いざアニメの時間になったら寝過《ねす》ごしちゃう、みたいな地獄《じごく》風景がよくあったというか（それは多少特殊《とくしゅ》か）。

でも今ってスマホなりパソコンなりで遊んだりネットで暇潰《つぶ》しだっていくらでも出来るし、ゲームだって無料アプリとかあるので、本当に心から「することない」って状況が……少なくとも今の時代を生きる私自身には全然なくてですね。

それは本当に有り難《がた》いと同時に、一方で相対的に「なにもしない時間」が余計に無駄《むだ》に感じられるようになってしまった部分もあり。

で、どっちがいいかと訊《き》かれたら断然今の世の中なんですが、一方で、あの「超暇を持て余す」という場面でこそ、今の作家生活に繋《つな》がる妄想《もうそう》とかしていた部分もあるので、そういう意味じゃ、多少、今の溢《あふ》れたエンタメを「すいて」貰《もら》ってもいいのかなと……。

だってだって、そうすると、ほら、ライバルが減って、私のライトノベルが更《さら》に売れる結果にも繋がるし！　ようし、これは是非すいて……！

……え？　私の小説がむしろすかれる対象になる可能性も？…………………。

今の世の中最高！　エンタメ沢山《たくさん》あっていいね！　やったね！

実際、生徒会役員達もこの二〇一六年、それぞれに超満喫《まんきつ》している気がします。杉崎や真冬がゲーム（エロゲ）に大熱狂《ねっきょう》しているのは相変わらずとして、深夏はネットで漫画が配信されることに凄《すご》く感謝してそうだし、知弦《ちづる》とくりむは案外二人で妙に斬新《ざんしん》なアプリを世に送り出して大儲《おおもう》け（結局散財）とかしてそうです。

ま、あの五人は、いつの時代でも当人達さえ揃《そろ》っていれば、「暇」なんて言葉とは無縁《むえん》そうですけどね。

…………。

……も、もしかして私が子供時代に超暇を持て余してたのは、エンタメの供給量がどうこうじゃなくて、単純に友達が――

――と、何かまずいことに気付きかけたので、ここらであとがきは切り上げますね。

では、最後に謝辞を。

まず、生徒会シリーズを最後まで支えて下さったイラストレーターの狗神煌《いぬがみきら》さん。三年ぶりに彼らの会話を描《えが》く際に私がすらすらと彼らのことを思い出せた一番大きな要因は、やはり狗神さんの素晴《すば》らしいイラストにより表現された彼らの個性のおかげだと思います。ありがとうございました。またいつかご一緒《いっしょ》にお仕事等出来たら幸いです。

次に、この企画《きかく》を実現して下さった担当編集さん&編集部様。作中やらあとがき序盤《じょばん》では文句たらたら言ってますが、ぶっちゃけ私の核《かく》の人格は「わざわざこんな企画くれて、あざっしたぁぁぁあああああああ!」と帽子《ぼうし》脱《ぬ》いで丸坊主頭《まるぼうず》を下げております。本当にありがとうございました。

ただ、「あとがきの呪《のろ》い」、お前だけは絶対許さない。

そして最後になんと言っても読者さん。こうして完結から三年も経過してなおこのような企画をさせて頂けるのは、偏《ひとえ》に、生徒会を愛して下さった皆《みな》さんのおかげです。

本当にありがとうございました。

つくづく「生徒会の一存」は本当に幸せなシリーズだなと実感しております。

あの五人の会話をこうしてお見せ出来る機会は中々ないのですが、一応、彼らの尻馬《しりうま》に乗った作家「葵なんたら」さんは他作品でも活動しておりますので、気が向いたらたまに様子を見てやってくれると幸いです。

それでは、またどこかで再会出来ることを願いつつ！

葵　せきな

私立碧陽学園生徒会
Hekiyoh School student council

「先輩方は後世に
爪痕を残しすぎでございます！」

by 西園寺つくし

永続する生徒会

「世界の明日はいつだって希望に満ちているのよ！」

会長がいつものように小さな胸を張ってなにかの本の受け売りを偉《えら》そうに語っていた。

そしてそれを、生徒会メンバー達がこれまたいつものように曖昧《あいまい》な笑顔でテキトーに受け流す中——しかし俺だけはその言葉に深い同意を示しつつ、激しく椅子《いす》を鳴らして立ち上がった！

「ですよね！　将来日本に一夫《いっぷ》多妻制が導入される希望だって絶対にあるわけで——」

「あ、杉崎《すぎさき》だけは今がピークだけどね」

「出た！　俺だけ人類からハブられるパターン！」

卒業式を目前に控《ひか》えた二月現在。俺達はといえば、まだまだ生徒会で通常活動している真っ最中である。……なんか三年生が卒業したり、ヤンデレのいる新生徒会作ったりした気がするが、例の如《ごと》くそれは気のせいだ。夢でも見たかな。

なにはともあれ、俺以外のメンバーは特にこの状況にも引っ掛《か》かってない様子だ。

会長は呆《あき》れた様子で俺を見つめ、腕《うで》を組んで話を続けてきた。

「だって……今現在、杉崎、高校で美少女四人と生徒会活動してるんだよ？　これ以上の幸せが、今後杉崎如《ごと》きの人生に訪れるとは、とーてー思えないよ」

その言葉に、今度は俺の隣《となり》に座るボーイッシュ美少女——椎名深夏《しいなみなつ》が深く同意する。

「だな。もし鍵《けん》の人生をラノベにするなら、高校時代ぐらいしか見所なさそうだよな」

「なんでだよ！　お前は俺の高校卒業後の人生がどうなると思ってんの⁉」

「え、小説なら三行もあれば充分描《じゅうぶんえが》けそうだなって」

「薄《うす》すぎんだろうっ、生徒会シリーズ終了《しゅうりょう》後の俺の人生！」

とツッコミこそしたものの、正直、案外洒落《しゃれ》になってない気がしてきた。俺の人生、高校時代がピーク説。

俺は冷《ひ》や汗《あせ》をかきつつも、胸の前で腕を組み、「た、たとえ三行だったとしても、よぉ」と自分で自分の人生フォローにまわってみた。

「えっと、『その後杉崎鍵は、ハーレム王として幸せに暮らしました』とかってニュアンスの三行人生なら、俺的には何も問題無いわけで……」

その言葉に、しかし今度は俺の正面席に座す先輩《せんぱい》女性——紅葉知弦《あかばちづる》さんが「あら」と髪《かみ》を掻《か》き上げた。

「私の愛するキー君の残り人生が、そんなぬるくて雑なの、私はいやだけど」

「そ、そうですか？　やっぱりそうですよね。俺ぐらいになれば――」

「ええ、キー君ぐらいになれば、ハーレム王国完成後にも、もう少し付け足して……」

「はいはい、そこから俺は更《さら》なる飛躍《ひやく》をするわけですね！」

俺のそんな合いの手に、知弦さんはニコッと実に優しい母性的な笑みで応じつつ、ハッキリと答えてきた。

「『が、その行き過ぎたハーレム生活は後に週刊文〇にすっぱ抜《ぬ》かれ、それを契機《けいき》として、杉崎鍵はものの見事に落ちぶれていったのでした』とかって部分も欲しいわ」

「妙《みょう》にリアルなどんでん返しキタぁあああああああああああああああああ！」

どん引きの俺に対し、知弦さんは不思議そうに小首を傾《かし》げる。

「皆好《みんな》きじゃない『ラスト一行の衝撃《しょうげき》』みたいな煽《あお》り文句」

「誰《だれ》も自分の実人生のラスト一行にまで衝撃展開欲《ほ》しいとは思ってないわ」

「あら、衝撃展開が不服かしら？　だったら、もっとしっとりとした、余韻《よいん》を残すラスト一行に変えてあげましょうか？」

「え、そんなバージョンもあるんですか？　だったら是非《ぜひ》そちらで！」

俺がそう促《うなが》すと、知弦さんはこほんと咳払《せきばら》いの後、改めて俺、杉崎鍵の人生の「ラスト一行」を提案してきた。

「『が、結局彼は、最期《さいご》には一人孤独《こどく》にめそめそ泣きながら死にました。おしまい』」

「切なすぎるわぁあああああああああああああああああああああああああああ！」

俺は猛絶叫《もうぜつきょう》して抗議《こうぎ》する！　が、知弦さんは相変わらずキョトンとしていた。

「凄《すご》く現実的な展開に寄せたつもりだけど……」

「そんなこと言わないで下さいよ！　ハーレム王の末路として、あまりに切なすぎるでしょう！　シリーズ読者の心にまで深い影《かげ》を落とす勢いだわ！」

「世に言う『切なくて泣ける小説』になったわね」

「世に言う『切なくて泣ける小説』の定義はこんなんじゃないやい！　いやまあ、やるせなさすぎて確かに話題にはなりそうだけども！　俺の残り人生、小説として目立つためだけにバッドエンド化されてたまりますか！」

俺が知弦さんに猛抗議していると、今度は斜《なな》め前の席から、後輩《こうはい》女子——椎名真冬《まふゆ》ちゃんが「でしたら」と話に参加してきた。

「この真冬が、良い塩梅《あんばい》の落としどころで先輩のラスト一行を調《とと》えて差し上げます！」

薄い胸板《むないた》をぽんっと力強く叩《たた》いて提案してくる真冬ちゃん。えらく可愛い。

俺はその姿に見惚《みと》れて思わず「お願い」などと返してしまう。が、すぐに彼女の性質に気付いて発言を撤回《てっかい》しようとするも……時既《すで》に遅《おそ》し。

真冬ちゃんは早速《さっそく》、彼女なりの「バランス取れたハッピーエンド」を告げて来た。

「『彼の言うハーレムに、男性も相当数含《ふく》まれたことは……言うまでもありません』で」

「一体なんのバランスを取ったんだよ！」

「え、男女比のバランスですが、何か？」

「別に取らなくていいよそこのバランスは！　俺は、女性が好きなんだから！」

「真冬、好き嫌《きら》いはよくないと思うのですよ、先輩！」

「そこ食べ物感覚で語らないでくれる⁉」

「それに色んなルートがある方が、ユーザー満足度も高いですし」

「ゲーム感覚でも語らないでくれ！　これ、俺の実人生だから！」

「で、でもっ、これまで出た中じゃ真冬のが一番ハッピーエンドなご提案だと思いますですっ！」

むふーっと鼻息荒《あら》く語る真冬ちゃん。俺は思わずひきつりながら頭を掻く。

「い、いや、確かにハッピーはハッピーだけど、俺が取って欲しかったバランスはそうじゃなくて、現実と理想の間の丁度良い落としどころを求めたというか……」

「ですから『先輩のハーレム要員、男性が100パーセント』という真冬の理想と、現実の中間を取って、女性と半々にしてあげたじゃないですか。……真冬もずっと先輩の傍《そば》にいたいですし……」

最後の呟《つぶや》きがイマイチ聞き取れなかったが、俺は構わずツッコミを入れる。

「うん、なんで俺の人生設計において、キミの理想と現実の中間を取るんだろうね！　っていうか、真冬ちゃんに限らず、生徒会役員全員、もうちょっと主人公にして語り部《べ》たるこの俺の意向を尊重してくれませんかねぇ！」

俺の全力の呼びかけに、会長、知弦さん、深夏、真冬ちゃんの四名は……軽く顔を見合わせた後、無感情な顔と共に声を揃《そろ》えて応じてきた。

『うちは、そういう芸風じゃないんで』

「芸風⁉」

まさかの理屈《りくつ》だった。いや、そりゃ確かにぶっちゃけ生徒会は俺の意向がとことん尊重されない方向性でやってきているけどもさ！　とはいえ……！

「ふ、普通《ふつう》ラノベの主人公って、大事なところではその意思が尊重されるもんなんじゃないんスか⁉　ほ、ほら、最初は孤高《ここう》のぼっちゲーマー野郎《やろう》でも、その妙な信念にこそ惹《ひ》かれるキャラが出て来たりとか、そういう救いがラブコメには普通はあるもので――」

『よそはよそ、うちはうち！』

「なんだこのハーレム！」

マルチヒロインならぬ、マルチマザー状態じゃねぇか。ハーレムという名の地獄《じごく》かよ。

俺が絶望に打ちひしがれていると、会長が会議を仕切り直すようにこほんと咳払いをした。

「えっと、なんだかすっかり杉崎いじめで盛り上がってしまったけど……」

「俺のハーレムが、ろくでもなさすぎる件について」

昨今の新作ラノベタイトルみたいな俺のツッコミを無視して、会長は更に続ける。

「今日の本題は、こういう身内ネタじゃなくて……もっとグローバルな視点で未来を……数年後の世界を、想像してみようって話だったんだよ！」

「数年後の世界、ですか？」

また妙なことを言い出す人だ。生徒会室にまるでピンとこない空気が立ちこめる中、会長は説明を続けてくる。

「だってほら、自分達の未来やら本編のラストを考えるっていう、シリーズ終盤戦《しゆうばん》やその後の展開でとっても便利な番外編ネタは、もう飽《あ》き飽きするぐらいやっちゃったじゃない、私達」

「いきなりサラリと超弩級《ちようどきゆう》のメタネタを放り込むのやめて貰《もら》えませんか」

「だのにだのにっ、富士見書房《ふじみしよぼう》さんときたら、生徒会の本編終了後に番外編として投下するネタのストックを、もっともっと沢山《たくさん》くれと要求してきたんだよ……！ ちなみに今回は、まだまだ遥《はる》か先の、二〇一六年発売の雑誌分が欲しいんだってさ！ 私の人気を骨の髄《ずい》までしゃぶり尽《つ》くそうと必死だねっ、富士見書房！」

「なんつー生々しい裏事情暴露《ばくろ》ですかそれ。メタネタで誤魔化《ごまか》してくれた方がまだマシでしたよ！」

「ちなみに、私達生徒会がこうして実際活動しているのが具体的に西暦《せいれき》何年なのかは、ぼんやーりとさせていこうと思うよ！ ガ〇スの仮面的ジレンマは抱《かか》えたくないからね！」

「やり方が超小狡《こずる》いッスねっ！」

しかしそういうことなら、色々納得がいった。確かに、かなり未来に掲載《けいさい》される前提の短編なら、今現在の話だけで盛り上がるのは得策じゃないわな。

会長が説明を続ける。

「そんなわけでちょいちょい未来ネタはやっちゃっているわけだけれど、それはあくまで自分達周りのことばっかりであって、案外、数年後の世界の動き予想とかには手ぇつけてなかったかもなぁーって、私、思いついちゃったの！　ないすあいでぃーあ！」

「はぁ……それはまあ確かにそうかもですけど。でも、俺達あくまで普通の高校生なんで、世界の未来予想なんて大それたことは――」

「エロゲならどう？」

「はい？」

突然《とつぜん》彼女の口から漏《も》れた意外な言葉に俺が驚《おどろ》いていると、会長は腕《うで》を組み直していつものドヤ顔を見せてきた。

「各人それぞれの詳《くわ》しい分野なら、いけるんじゃないかって思うんだよ。たとえば杉崎なら、エロゲ業界の二〇一六年予想なら、結構立てられそうじゃない？」

「……ああ、なるほど」

それなら確かにいけるかもしれない。俺と同様、生徒会の皆《みんな》も納得したようだ。

会長はそれに満足した様子を見せると、椅子《いす》に座り直しながら声をあげた。

「というわけでっ、我こそはという未来予想を持つ人、きょーしゅ！」

いつもながら実に元気な会長の呼びかけ。それに対して最初に手を挙げたのは……意外にも一番引っ込み思案な真冬ちゃんだった。

会長に「はい真冬ちゃん！」と当てられた彼女は、おずおずと語り出す。

「えと、真冬の得意分野……テレビゲームに関しては、一番未来予想が容易なジャンルかもしれないです！」

「お、いいねぇ真冬ちゃん。それで？　真冬ちゃんは二〇一六年のゲーム業界、どうなっていると思うの？」

「えっと、えっとですね……」

会長の質問に、真冬ちゃんは「好きなもの」を語る人間特有の、無邪気《むじゃき》で無垢《むく》な笑顔と共に勢い込んで語った！

「あのですね！　二〇一六年ともなれば、キングダム〇ーツ5とか、ファイナルファンタジー20とか、ドラクエ15とか、それぐらいもう出ちゃっていると思うのですよ！　なんせ二〇一六年ってかなり未来ですからねっ！　やー、真冬凄く楽しみですっ！」

『…………』

その言葉に……なぜかいたたまれないものを感じて、サッと顔を背《そむ》ける俺達。真冬ちゃんが不思議そうに首を傾《かし》げてきた。

「あれ？　皆さんどうされました？」

『分からない……！　分からないけど……何かが酷《ひど》くいたたまれない！』

「？　不思議な皆さんですね……」

真冬ちゃんはそう呟いた後、更《さら》に続けてきた。

「あとは……ふふっ、ちょっと荒唐無稽《こうとうむけい》かもですけど、二〇一六年ぐらいに、ヘッドマウントディスプレイの本格的なヤツとか販売《はんばい》されたら、真冬的に嬉《うれ》しいですね」

『大丈夫《だいじょうぶ》っ！　それはイケるっ！』

「皆さん!?　なんなんですかさっきからそのリアクションは!?」

真冬ちゃんが本格的に戸惑《とまど》っていた。……ごめんね真冬ちゃん、俺達にもよく分かってないんだ。なぜだか分からないけれど、感情がどこからか降ってくるんだ。まあこの世界、超能力やら霊《れい》能力やら《流行操作》やらっつう不思議要素が普通にある世界なんだから、そんなことも全然あるだろう。おかしくない全然おかしくない。設定崩壊《ほうかい》とかじゃない。

気を取り直して、会長が更に真冬ちゃんを促す。

「他には何かあるかな？　ゲームの未来予想」

「うーん、そうですねぇ……ぷ、プレステの、4とか、5とか、そういうの出てます」

「なにその順当すぎる未来予想！　そりゃ当たるだろうけどさ！」

「あと、グラフィックが、もう、実写に見劣《みおと》りしないレベルに進化します」

「いつの時代のレビューにでも当てはまりそうな無難予想すぎるね！」

「携帯《けいたい》電話でプレイするゲームも、どんどん増えたりしそうです！　最近浸透《しんとう》し始めたスマートフォンとかには、その可能性を感じますです！」

「あー、うん、確かに、それはそうなるかもねぇ」

うんうんと頷《うなず》く会長。気を良くした真冬ちゃんが、更に一歩踏《ふ》み込んだ予想を立てる！

「とはいえ、スマートフォンのゲーム如《ご》きで莫大《ばくだい》な収益を上げられるような世の中には、まだまだならないと、真冬は予想しますけどね！　やはり骨太なガチゲームこそが一番評価され儲《もう》けられるという健全な価値観は、そうそう揺《ゆ》らがないですよ！　はいっ！」

『……え……あ……………うん…………そっか……そうだといいね……』

「ですからなんなのですかっ、皆さんのその微妙《びみょう》なリアクションは！　まるで未来でも知っているかのように！」

真冬ちゃんが全力でツッコんでくる。……いや、うん、ホントに俺達は未来人でもなんでもないんだけどね。なんだろう、笑顔で希望に溢《あふ》れたゲームの未来を語る純粋《じゅんすい》な少女を前に、この、どこからか流れ込んでくる切ない想いは。

真冬ちゃんは疲《つか》れた様子で椅子に深く座り直すと、「まあ、あとはですね……」と話の方向性を少しだけ切り替《か》えてきた。

「二〇一六年かどうかはさておき、少し未来のゲーム業界では、きっと、金髪《きんぱつ》の美少女ゲーマーが、ゲーム部なんかを舞台《ぶたい》に大活躍《かつやく》してくれていると思いますよ！」

その不思議な予想に、会長が首を傾げる。

「？　なにその妙に具体的な予想。どういうこと？」

「ふふふ、それはですねぇ……」

真冬ちゃんはそこで一拍《いっぱく》置くと……まるでとっておきの秘蔵ネタでも明かすかのように、胸を張って告白してきた！

「実は真冬、最近、近所に住む健気《けなげ》な金髪美少女小学生に、これでもかとテレビゲームのいろはを仕込んでいるのですよ！　謂《い》わばゲームの英才教育です！」

『今すぐやめなさい！』

全員で全力注意する。と、真冬ちゃんは涙目《なみだめ》で反論してきた。

「な、なぜですか！　まるで真冬を……無垢な子供の人生を曲げる存在のように！」

『自覚してんじゃないか！』

「そ、そんなことないです！　ゲーム、実に楽しそうですもん、あの子！　現に、将来はプロゲーマーになりたいとか言い出してますし！」

『しまった、既《すで》に曲げられていた！』

「だから曲げてないですぅ！　なんですか！　失礼しちゃいますねっ！　まあでも、近々真冬達一家は引っ越《こ》しなので、彼女とは離《はな》ればなれになっちゃうのですが……」

『よしっ！』

「全員揃《そろ》ってガッツポーズとはどういう了見《りょうけん》ですか!?」

機嫌《きげん》をこじらせて頬《ほお》をぷっくり膨《ふく》らませてしまう真冬ちゃん。……もうこれ以上ゲームの未来予想はしてくれなさそうだ。

俺達は苦笑いを交わし合うと、仕方ないので他の人のターンへと移ることにした。

と、妹のフォローをするかのように、姉の深夏が颯爽《さっそう》と挙手してくる。

「あ、じゃあ、深夏どうぞ」

「おう！　あたしの場合は当然……少年漫画《まんが》の未来予想だぜ！　それでそれで、まずはだなぁ……」

意気《いき》揚々《ようよう》と語り出す深夏。それに対し俺達は……真冬ちゃんを含《ふく》めた四人で即座《そくざ》に声を合わせて牽制《けんせい》したのだった。

『HU○TER×HUN○ERは、まだ終わってないと思うよ』

「先に言うなよ！　多少の希望的観測ぐらい言わせてくれよ！」

『終わってないと思うよ』

「真顔で二度言うかっ！　わ、分かったよ！　えっと……で、でもきっと、連載《れんさい》はしてくれているよ！　だったら、あたしはそれだけで充分《じゆうぶん》幸せだよ！」

深夏の言葉に俺達はにこりと微笑《ほほえ》み、先を促《うなが》す。深夏は改めて続けてきた。

「そうだなぁ……うーん、真冬のゲーム予想と違《ちが》って、順当な予想しか出来ねぇなぁ、漫画の未来予想。今人気ある連載陣《じん》がそのまま連載されてそうだし……」

「ああ、そりゃそうかもな」

会長に代わって、深夏の次に漫画を読む俺が会話に応じる。

深夏は、ツインテールの根本をぼりぼりとガサツに掻《か》いた。

「ジャ○プがなくなる、とかは全然なさそうだしなぁ……」

「そうだなぁ。いくら出版不況《ふきょう》でも、そうそう有名漫画雑誌がなくなったりは――」

「……いや……ガン○ンあたりは……」

「おいやめろ」

「ど、どうなるとも言ってねぇだろ。他には……う－ん、じゃあ、あたしの、二〇一六年に対する、かなり望み薄《うす》な希望とか言ってみてもいいか？」

「別にいいんじゃね？」

会長の方を見ると、彼女もこくこく頷いていた。ＯＫなようだ。

深夏はそれを受け、いつものようにぐ－らぐ－ら椅子を揺らしながら実に軽い調子で彼女なりの「望み薄な希望」とやらを語ってきた。

「あ－あ、あたしの好きなジョジョの第四部とか、ドラゴンボ－ルの原作から連なる後日談とかがアニメ化されてたら、最高なんだけどなぁ、二〇一六年。ねぇよなぁ～」

『良かったね！』

「？　なんだなんだ急に、四人揃って」

キョトンとする深夏。しかし、真冬ちゃんの時と同じで、これぱっかりは俺達にも分からない……！　分からないが……なんか「良かったね！」という感情が溢れたのだから仕方ない！　なんだこれ！

そんな俺達の謎《なぞ》リアクションに、しかし深夏は真冬ちゃん程には引っ掛《か》からなかった様子で、さっさと話題を次に進めてくる。

「あと、ラノベにも新しい風が来てそうだよな！　個人的には、ウェブ小説が注目される時代が来るとみた！　異世界転生とか、チートな主人公とかの需要《じゅよう》があるはず！　あたし筆頭にさ！」

「お前自身が既に転生チートみたいな性能だしな。そりゃ感情移入しまくりだろうさ」

「逆に——平凡《へいぼん》な主人公が美少女に見初《みそ》められてオタクに都合の良い部活——そう、ゲーム部とかに誘《さそ》われることから始まるすれ違いラブコメとかは、絶対ヒットしなさそう」

『そんなこと言うたるなよ！』

俺達四人の全力ツッコミに、キョトンとする深夏。うん……なぜか分からないが、その概要《がいよう》のラノベ、とても擁護《ようご》したい気持ちになったのだ。

俺達の意味不明な熱気に押されて、深夏は話題と視線を少しずらした。

「あ、あとは……そうだな。そう、あたし達の尻馬《しりうま》に乗った葵《あおい》なんたらっていうあの三流ラノベ作家も、鍵と同じで、生徒会シリーズを人生のピークとして、あとは全く大成しなさそう」

『それはそうかもしれない』

なぜかそれだけは極《きわ》めて真顔で認められた俺達である。

と、深夏はそこで「あたしからはこれぐらいかな」と話を置いた。

となると、あと未来予想していないのは、会長を除けば俺と知弦さんの二人である。

俺達は視線で互《たが》いに譲《ゆず》り合い、最終的には知弦さんが溜息《ためいき》混じりに挙手した。

「はい、知弦」

会長に指差され、手を下ろす知弦さん。彼女は少しの間黙考《もっこう》した後、改めて口を開いてきた。

「私には生憎《あいにく》椎名姉妹やキー君程専門分野っぽいものはないから……ノンジャンルで、二〇一六年の予想をしようと思うのだけれど、どうかしらアカちゃん」

「いいと思うよ」

「そう、なら良かった。じゃあ早速《さっそく》予想なのだけれど……」

知弦さんはそこで唇《くちびる》を湿《しめ》らせると、妖艶《ようえん》な笑みとともに断言した。

「二〇一六年、日本では……好感度高いタレントに恋愛《れんあい》スキャンダル持ち上がったり、政治家が不透明《ふとうめい》な資金運用で追及《ついきゅう》されたり、アーティストやスポーツ選手が麻薬《まやく》で身を滅《ほろ》ぼしたりしてます」

『インチキ占《うらな》い師《し》みたいなことを！』

実に漠然《ばくぜん》とした、概《おおむ》ね毎年ありそうなことを羅列《られつ》してきた。いや、そりゃ、確かに当たりそうだけれど……！

知弦さんは更《さら》に続けてくる。

「あと『あの有名漫画』が『まさかの実写化』したりするわね」

『それもいつものこと！』

「トークが面白《おもしろ》いわけでもないのに、バラエティ番組へ引っ張りだこになる作家の出現」

『だからそれもいつものこと！』

「若者でもイマイチピンと来ない『若者のカリスマ』の出現」

『最早《もはや》ただのあるあるネタ語りだ！』

「…………。……ドラゴンの出現」

『おっと無理にボケを挟《はさ》んできたぞ！』

「突如《とつじょ》注目を浴びる昔からの健康食品」

『すぐあるあるに戻《もど》った！』

「……そして最後に……『相変わらずなくならない戦争』、かしら。ふぅ」

『なんかいいこと言った風に締《し》めたぞこの人！』

満足げに髪《かみ》を掻き上げる知弦さん。俺達が不審《ふしん》の目で見ていると、彼女は心外そうに「あら」と応じてきた。

「概ね当たってると思うわよ、この予想」

『でしょうねぇ！』

そりゃ正解率は高いだろうけども！　なんだこの、イマイチ踏《ふ》み込んでない小賢《こざか》しい予想小ネタ集は！

知弦さんは俺達の様子を眺《なが》めると、溜息を吐《つ》いて呟《つぶや》く。

「何が不満なのかしら、キー君？」

「な、何がって……！　な、なんかこう、一切リスクを背負ってない無難さが鼻につくといいますか！」

「つまり、ちょっとどうかと思うぐらい、リスキーな予想も口にしていけと？」

「ま、まあ、そういうことなんですが……」

「ふむ……」

知弦さんはペンを顎《あご》に当てながら考え始める。そうして、数秒後。

ニコリと微笑すると共に、知弦さんは衝撃《しょうげき》の予想を口にしてきた。


「二〇一六年。いよいよ斜陽《しゃよう》の富士見ファンタジア文庫。というかラノベ業界」

『今度はリスキーすぎる予想が始まった！』

「一時、景気の良い数字を叩《たた》き出すウェブ小説の商業化に活路を見出《みいだ》したまでは良かったものの、乱発しすぎて『だったら無料のウェブで読めば充分じゃね？』と読者が至極《しごく》当然の帰結に至り、再びピンチに」

『先見の明に溢《あふ》れた有能編集か！』

「なにより、二〇一六年も相変わらずパッとしないＫＡＤ○ＫＡＷＡの映――」

『リスキィィィィイイイイイイイイイイイー！』

「それと……」

『もういいです！　いいですから！　お願いですからやめて下さい！』

全員で必死に知弦さんのリスキー予想を止める。あかん。この人、実はリミッター切ったら一番危ない人だってことを忘れてた。

知弦さんは涙目《なみだめ》になっている俺達を見回すと、なにやら「ふむ」と頷《うなず》き……そうして、微笑と共に付け足す。

「まあ、今のはあくまで、全部、私、紅葉知弦の個人的な妄想《もうそう》予想です。実在の人物、団体、企業《きぎょう》には一切関係がありません」

『ですよね！』

うふふふふ、と不気味に笑い合う生徒会の面々。知弦さん以外、皆《みな》額に汗《あせ》が滲《にじ》んでいた。

会長が焦《あせ》った様子で俺に話を振《ふ》ってくる。

「じゃ、じゃあ、杉崎、存分にエロゲ業界予想とかしていいよ！」

「え、あ、いや、そ、そうですね……」

やばい。会長の「話を平和な方面に戻したい」意図は充分理解出来るのだけれど、ここまでに色々ありすぎて、正直もう、場が、エロゲの未来を語る空気じゃない。

俺は少し考えると、一つ息を吐《は》き……これまでとは違う切り口で語り出した。

「二〇一六年ともなれば、もっとこう、人々のライフスタイルに劇的な変化があっても、いいと思うんスよ、俺なんかは」

「劇的にって……たとえば？　車が空飛んでいるとか？」

「いやそういう直接的なアレじゃなくて。なんだろう、人々の意識的なことっつうんですか？」

俺のその言葉に、真冬ちゃん、深夏、知弦さんの三名が即座《そくざ》に食い付く。

「エンタメの全てがＢＬベースの時代になっていたり！」

「いつでもどこでも常にタイマンステゴロバトルが発生していたり！」

「トリックを使った殺人事件が一杯《いっぱい》起きる楽しい世の中になっていたり！」

「いやそういう軽い地獄《じごく》でもなくてですね」

俺はそれらをサラリと流して続ける。

「たとえば、こう、『もう漫画《まんが》は紙媒体《ばいたい》じゃ全然読まねぇなー』みたいな？」

「なるほど。じゃあその上で杉崎は、二〇一六年、どうなると予想しているの？」

「それなんですけどね、会長」

俺はそこでニヤリと微笑《ほほえ》むと、こっそり悪巧《わるだく》みを打ち明けるように告げる。

「一周まわって逆に、俺みたいな肉食男子が超《ちょう》モテる時代到来《とうらい》してんじゃないかと……」

「あ、消しゴム突《つ》く時間だ」

と、突然《とつぜん》ペンケースから取り出した消しゴムをシャープペンの先端《せんたん》でツンツンやり始める会長。……いやいやいやいや！

「なんですかその日課！　今やる必要絶対無かったですよねぇ！」

「でもほら、杉崎の妄言聞くよりは百倍有意義だから。ぷすぷす」

「いやいや俺の妄言、そんな不毛な消しゴム突きにも負けます!?　いや、ホント、マジで肉食男子需要来ますって、二〇一六年！」

「百歩譲《ゆず》って肉食男子需要はあるかもしれないけれど……でも、杉崎需要はないと思うよ？　だってさ、杉崎。元々ゼロなものは、一周まわったって、結局ゼロなんだよ？」

「どうしてそんな悲しいこと言うんですかっ！　いや、俺の時代来ますって！　草食男子が世の中に増えたら、その時にこそ、俺の輝《かがや》きは増すんですって！」

俺が強い確信を持ってそんな理屈《りくつ》を語っていると、会長と全く同じ憐憫《れんびん》の目をした知弦さんが、諭《さと》すように俺に語りかけてくる。

「キー君……じゃあ、ちょっと、私の言う通りの光景を想像してみてくれる？」

「え、あ、はい、いいですけど……なんですか？」

俺が首を傾《かし》げていると、知弦さんは一息ついて……説得力抜群《ばつぐん》の喩《たと》えを出してくる。

「大量の小池徹平《こいけてっぺい》の中で一人佇《たたず》むジローラモ」

「うわぁぁぁっぁぁぁぁああああああああああああああああああ!?」

なんか的確に二〇一六年という時代における杉崎鍵の異質さを表現された気がした！

確かに目立ってはいる！　テカテカと輝いてもいる！　だ、だけど……！

「なんだこの、漂《ただよ》う、一人負けの香《かお》りは！　俺の未来、どうなんのこれ！」

「大丈夫《だいじょうぶ》よキー君。貴方《あなた》……二〇一六年を待たずして既《すで》にそんな感じだから！」

「衝撃の事実！　既にめっちゃ浮《う》いてんじゃん俺！　じゃ、じゃあ俺、今からでも草食系になります！　草食系のハーレム王に、俺は、なる！」

「矛盾《むじゅん》感がもの凄《すご》いわねその言葉」

というわけで、俺は早速草食系を自分にとりいれてみる。

「い、いやぁ、俺、女とか興味ないわー。全然興味ないわー」

そんなこと言いながら、会長をちらちらと横目で見る。おお、なんと彼女は笑顔だ！

よし、手応《てごた》えあり！　ガツガツした男子が苦手な会長もこれでイチコロ――

「そうなの⁉　良かったぁ、私もかねてから杉崎には異性として全く興味なかったから、これで堂々と友達になれるね！　やったね！」

「ちょ、知弦さん⁉　草食系目指したら、今、完全に俺の恋《こい》が一つ終わったんですが⁉」

俺が涙目で訴《うった》えると、知弦さんは実に母性的な笑顔を俺に向けて来た。

「ええ、そのようね。だからアカちゃんや他の女性陣《じん》とは今後とも友達で――恋人は私一人ということで満足したらいいんじゃないかしら、キー君」

「へ？」

『ど、どさくさに紛《まぎ》れて何一歩抜《ぬ》け出そうとしているんですかっ！』

突然《とつぜん》椎名姉妹が知弦さんに食ってかかる。が、知弦さんは素知らぬ顔で「なんのことかしら」なんて惚《とぼ》けていた。……こうなると意外に弱い俺は、ただただ、ぽりぽりと頰《ほお》を掻《か》いてしまう。……え、ええと……

そうして生徒会が大分ラブコメな空気に満たされてしまったところで、会長が「こほん！」と大きく咳払《せきばら》いした。

「と、とにかくっ、これで皆の未来予想が出揃《でそろ》ったし、ページの尺も充分《じゅうぶん》かなと思います！　というわけで、杉崎、いつものようにこの会議を文章に起こして提出しておいてね！」

そう言って立ち上がり、珍《めずら》しくテキパキと移動すると、今回の短編依頼《いらい》書を俺に渡《わた》してくる会長。

「え、あ、はい、それは了解《りょうかい》です、けど……」

俺もまた立ち上がってそれを受け取りつつも……今回の会議当初からずっと疑問だったことを、彼女に訊《たず》ねることにした。

「でも会長、今回あんまり自分の未来予想は語らなかったですね？　いつもは率先して野望とか語るのに……」

俺のその疑問に、知弦さんと椎名姉妹も「そういえば」という様子でこちらを見る。

そうして生徒会役員全員の注目が集まる中、会長は……なぜか少し焦ったように笑った。

「わ、私はいいんだよ。皆と違《ちが》って、そんなに詳《くわ》しい予想とか出来ないし……」

「いやいやいや、普段《ふだん》の会長なら『二〇一六年には、きっと私が世界を支配していると思うよ！』みたいなこと言うとこじゃないですか。どうしたんですか、今日は？　お腹でも痛かったんですか？」

「そ、そんな子供じゃないんだから！　別にお腹痛くないもん！　た、ただ……」

「ただ？」

俺達が首を傾《かし》げていると……会長は、おずおずと、心底恥《は》ずかしそうに……上目遣《うわめづか》いで、呟《つぶや》いた。

「私はその……この会議始まる前に、未来でもこうやって皆と楽しく遊んだりお喋《しゃべ》り出来てたらいいなって想像して……そ、そうしたら、なんかもう、それだけですごく満足しちゃって、他のことあんまり考えられなくなっちゃって、だ、だから、そのぉ……」

『…………』

そんなことを、詰《つ》まりながらも一生懸命《いっしょうけんめい》語る、卒業式を間近に控《ひか》えたお子様会長。

俺達は……そんな彼女の様子に、四人、顔を見合わせると。

全員の意思を代表して、俺が、会長の肩《かた》に手を置いた。

「会長。突然ですけど……俺の高校卒業後のうっすーい余生を三行にまとめたエピローグのうち、一行は今、完全に確定させちゃうことに決めましたよ」

「な、なにさ急に。ふんっ、杉崎のことだから、またどうせモテモテライフがどうとか言うんでしょ！」

照《て》れ隠《かく》しなのか、激しめのツッコミをしてくる会長。

そんな彼女に俺は、ゆっくりと首を横に振ると。

決意と確信に満ちた表情で、告げたのだった。

「『その後も碧陽《へきよう》学園生徒会役員達は、ずっとずっと、一生、大の仲良しでした』です」

「――――」

瞬間《しゅんかん》、何かを隠すように俯《うつむ》いて、ちょこんと俺の手を握《にぎ》ってくる会長。そうして彼女はしばしの沈黙《ちんもく》の後……小さく、だけど確かに、頷いた。

「…………………うん」

生徒会室が温かい空気に満たされる。

しかし……会長はどうにもそれがむず痒《がゆ》かったのか、突如《とつじょ》バッと顔を上げると、上座《かみざ》の会長席に戻《もど》り、謎《なぞ》のポーズを取ったかと思うと……かなり強引《ごういん》に会議を閉じてきた。

「というわけで……本日の生徒会っ、終了《しゅうりょう》！」

『ここに来て、まさかのアニメ版会議終了のポーズで締《し》め、だと!?』

碧陽学園生徒会。

それはこれからも——時やカタチや場所を変えながらも、それでも、ずっとずっと、一生、明るい笑い声と共に、続けられていく。

「顧問最強説というのもあると思うぞ」

by真儀瑠紗鳥

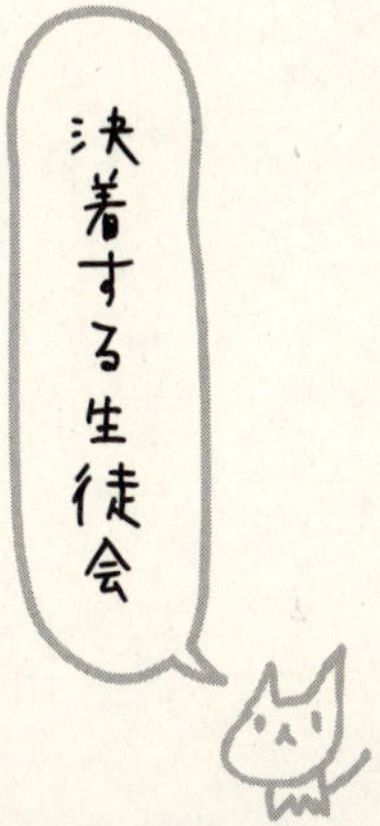

【決着する生徒会】

「信頼《しんらい》こそ力なのよ！」

会長がいつものように小さな胸を張ってなにかの本の受け売りを偉《えら》そうに語っていた。

いよいよ今生徒会にも、切ない別れの迫《せま》ってきた二月下旬《げじゅん》のある日。今日も俺達は残り少ない会議を愛《いと》おしむように、大切に大切に取り組んで——いたりは、していなかった。

ぽかぽかとストーブの暖気で満たされた生徒会室の中、俺と知弦《ちづる》さんは長机にだらーっと突《つ》っ伏《ぷ》し、椎名《しいな》姉妹は蜜柑《みかん》の皮を剝《む》いている。

その光景に心なしか会長がわなわなと震《ふる》える中、真冬《まふゆ》ちゃんが蜜柑の白い筋を丁寧《ていねい》に取りながら俺達の心を代弁するように呟いた。

「なんですかねぇ……ここしばらく『シリアスムード』が続いていただけに、急に気が緩《ゆる》みますですねぇ、今日は」

それに、妹とは対照的に蜜柑を半分に割って荒々《あらあら》しく皮を剝き豪快《ごうかい》に頰張《ほおば》りつつ、深夏《みなつ》が同意する。

「だよなぁ。いやあたしも、卒業式間近たるこの時期が、物語的には終盤《しゅうばん》戦まっただ中っつーのは自覚しているんだが……常にずーっと切ない空気出してるのもなぁ」

深夏の解説を、知弦さんが机に突っ伏したままで引き継《つ》ぐ。

「ええ、終盤戦と言っても、結局日常は日常だものね。そうそうずっと気を張ってもいられないわよねぇ。暖かい今日なんかは疲《つか》れが特に……ふわぁ」

珍《めずら》しく欠伸《あくび》を漏《も》らす知弦さん。正直超《ちょう》可愛い。超可愛いけど……俺もまた、今日は妙《みょう》に気怠《けだる》いので、かるーく頭を上げて、知弦さんの顔を覗《のぞ》き見る程度で満足しておく。

そうして、身を起こしたついでに、俺は会長にゆるーく提案してみた。

「というわけで会長、今日の議題は出来るだけ『ゆるふわ』な感じで、まったーりといきま——」

そこまで俺が言いかけた瞬間《しゅんかん》、突如《とつじょ》、会長は……強く長机を叩《たた》くと共に、桜野《さくらの》くりむ史上最もドスの利《き》いた声で俺達に宣言してきた。

「こほん！　えー……今日は皆《みな》さんに、殺し合いをして頂きます！」

『どうした急に!?』

突然もたらされた作風違いも甚《はなは》だしい議題に、激しく動揺《どうよう》する俺達。

深夏が焦《あせ》った様子で会長に呼びかける。

「ど、どうした会長さん！　何があったか分からないが、とりあえず、終盤戦で作風変えるのはラノベや漫画《まんが》じゃ概《おおむ》ね悪手《あくしゅ》であることだけはお伝えしておくぜ！」

彼女の合ってるんだかズレてるんだか分からないツッコミに、会長は大仰《おおぎょう》にやれやれと肩《かた》を竦《すく》めて切り返してきた。

「やれやれ、甘いなぁ、深夏は。ここまで長年付き合ってくれる程のディープな生徒会読者の皆さんの気持ちが全然分かってないよ……」

「なん……だと……？」

「私達生徒会は、これまで、仲良くずっと会議を繰《く》り広げてきたでしょ？　飽《あ》きもせず、生徒会室だけで、グダグダ、グダグダと、何年も……」

「いやあたし達の実時間的には普通《ふつう》に一年弱だと思うけど……」

「そうだけど、読者さん的には違うじゃん！　この前やった『富士見書房《ふじみしょぼう》が遥《はる》か未来に生徒会を復活させせんと動いた時用原稿《げんこう》』なんかを合わせて考えると、商業ラノベとしては実に十年にもわたって、この五人のしょーもない雑談をお送りしているわけで！」

「た、確かに十年は長《なげ》ぇかもな……」

「でしょ!?　十年ともなると、流石《さすが》にそろそろ、長らくご愛顧《あいこ》下さった読者さんへの感謝の意なんかを示すべきなんだよ！」

「なんか会長さんのクセにマトモな意見すぎてシャクだぜ。でも、具体的になにをしようってんだよ、感謝の意を示すって……」

首を傾《かし》げる深夏。と、会長はその質問を待ってましたとばかりに胸を張る。

「そんなのトーゼン、未回収伏線《ふくせん》の回収、一択《いったく》だよ！」

「み、未回収伏線？　え、あたし達の日常に、そんなご大層な要素、あったっけ？」

「えへへぇ、あるんだなぁ、これが。まあ伏線というよりは、ずっとずっと、シリーズ読者の皆《みんな》が知りたいと思っていた要素っていうのかな？　それが深夏に、分かるかなぁ？」

「え？　な、なんだろう……。……鍵《けん》、分かるか？」

突然俺に話を振《ふ》ってくる深夏。俺は少し考えた後、ぽりぽりと頬を掻《か》きながら会長に返してみた。

「お、俺の恋愛《れんあい》の行く末……とか……」

「あ、それはランク圏外《けんがい》だね」

「ランク圏外!?」

「ちなみにそのくだらない疑問にも一応お答えしておくと、杉崎《すぎさき》の恋愛の行く末は……」

「ゆ、行く末は？」

「――『逮捕《たいほ》エンド』だよ」

「『逮捕エンド』⁉　おおよそ恋愛の結末とは思えないエンディング名ですけど⁉」

「で、そんなことはさておき」

「そこマジで全く掘《ほ》り下げてくんないんスか⁉」

そんな俺の悲痛な叫《さけ》びなど一顧《いっこ》だにせず、会長は会議を進行していく。

「ここまで付き合ってくれた、熱心な読者さん方が気になっていること……それは……」

『それは？』

全く想像がつかず首を傾げる生徒会の面々に向かい、会長は……力強く、宣言した。

「『生徒会メンバーの、誰《だれ》が一番強いのか』だよ！」


『いやいやいやいやいや！』

即座《そくざ》にその言葉を否定する生徒会メンバー達。

だがしかし、ただ一人……好戦的少年漫画思考少女、椎名深夏だけは、会長の言葉に立ち上がってまで賛同していた。

「いいなっ、それ！　主要キャラの誰が一番強いか決めるイベントっ、最高じゃねぇか！

くぅっ、滾《たぎ》るぜ！　やっぱ少年漫画は、総力戦で強大なラスボス倒《たお》した後に、序盤《じょばん》からのライバル同士による素手喧嘩《すてごろ》で締めてこその王道――」

しかしそれに、会長が淡々《たんたん》と切り返す。

「いやいや、うちは少年漫画じゃないんだから、そんなやり方なわけないじゃん」

「…………へ？」

突然梯子《はしご》をハズされ、キョトンとした顔をする深夏。俺達も事情がのみ込めない中、会長は更《さら》に説明を続けてきた。

「っていうか、そんな野蛮《やばん》な『ぽこすか』でしょーぶしたら、深夏が強いの分かりきってんじゃん。一人だけ世界観違《ちが》うんだから。深夏は、まんがタイムき○ら時空の中に紛《まぎ》れ込んだ山田風○郎キャラみたいなもんなんだからさ」

「うぐ……！　い、いや、でも、じゃあ、どうやって強さを競うっつーんだよ」

「うん、それはいい質問だね、深夏」

と、会長は「待ってました」とばかりに、傍《かたわ》らに置いてあったカバンをごそごそとあさり出した。

「私達の『決着』をつける方法。それは……これだよ！」

そうして、俺達が見守る中……会長はカバンの中から何やら小箱を取り出したかと思うと、それを長机の中央に勢い良く放ると共に言い放った。

「私の自作カードゲーム！　その名も『わんにゃんちゅーちゅー』だよ！」

『はい来ました鬼門《きもん》の自作ゲーム回！』

小箱のパッケージには会長直筆《じきひつ》と思《おぼ》しき、犬・猫《ねこ》・鼠《ねずみ》のイラストが描《えが》かれている。

俺は長机中央から小箱を手に取ると、会長らしい雑な線のキャラクター達を見て思わず苦笑を漏らしてしまう。

「いやはや、最初に『殺し合いをして頂きます』とかって文言《もんごん》から入ったものだから、一体どんな勝負をさせられるかとヒヤヒヤしていましたが……これなら安心ですね」

ホッと胸をなで下ろす俺や生徒会メンバー。まあ会長の自作という不安要素こそあれど、結局は今日も今日とてやはり「ゆるく遊ぶ日」でしかなかったようだ。

俺が穏《おだ》やかな日常を慈《いつく》しむ中、皆もまた笑顔で俺の周りに寄って来る。

「先輩《せんぱい》、真冬にもその小箱見せて下さいです」

「私も興味あるわ、キー君。なにせアカちゃんの作ったカードゲームですもの」

「あたしにも見せろよ、鍵」

会長以外の皆が俺と一緒《いっしょ》に小箱を眺《なが》め出し、生徒会室内がすっかり和《なご》やかな空気に包まれていた。

俺はそんな日常に感謝を捧《ささ》げつつ、にこにこと笑顔で小箱を裏返し、裏面上部に記されている概要《がいよう》説明を読み上げ始める。

「なになに？『このゲームは、都会の片隅《かたすみ》でわいわい仲良く暮らすアニマルフレンズ達による、楽しく愉快《ゆかい》な――』」

――とそこで、会長が後半の説明を俺から引き取った。

「――サバイバルデスゲームです。迫り来る民間軍事衛生組織《掃除屋《そうじ》》の魔《ま》の手！　裏で小動物の軍事利用を目論《もくろ》む彼らに捕獲《ほかく》されれば、悲惨《ひさん》な末路が待ち受けるは必定《ひつじょう》！　狡《こう》猾《かつ》なる動物達よ、今こそ友を容赦《ようしゃ》なく裏切り、泥水《どろみず》を啜《すす》ってでも逃《に》げ延《の》びるのだ！」

『なんか思ってたのと違う！』

慌《あわ》てて俺の手で隠《かく》れていた箱裏面下部を確認する。と、そこには毒々しい血痕《けっこん》と、妙に不吉《ふきつ》な注射器のイラストがあしらわれていた。ここにきて、会長の粗《あら》く雑なイラストのタッチがやけにこちらの不安を掻き立ててくる。

『………』

会長から飛び出るには意外すぎる発想に、言葉をなくし、おののく生徒会役員達。……いや実際このテイストは、どちらかと言えば……。

そう考え、俺達がある書記の顔を窺《うかが》い見る中、会長がニコニコ笑顔で続けて来た。

「ちなみに設定監修《かんしゅう》は、我が大親友――紅葉《あかば》知弦によるものでーす！　ぱちぱち！」

『やっぱりか！』

声を揃《そろ》えて黒髪《くろかみ》腹黒美少女を糾弾《きゅうだん》する俺と椎名姉妹。と、問題の人物は流石に慌てた様子で取り繕《つくろ》ってきた。

「い、いえ、違うのよ！　確かに私、アカちゃんと以前この内容に近い『雑談』はしたけれど……まさかそれをカードゲームにされるだなんて、想像だにせず……」

どうやら知弦さんも軽く被害者《ひがい》だったようだ。そこには多少同情するものの……しかしそもそもなんだよ、その雑談内容。それはそれで充分《じゆうぶん》問題だろう。カラダは小学生、ココロは保育園児のお子様会長に、普段《ふだん》からなんて話してんだ、アンタ。

俺と椎名姉妹がジトッと知弦さんを見つめる中、会長がパンパンッと仕切り直すように手を叩《たた》く。

「ほら、皆席戻《もど》って、戻ってー！　『わんにゃんちゅーちゅー』、はーじまーるよー」

『始まるの!?』

愕然《がくぜん》とする俺達。会長は俺の手から小箱をさっと奪《うば》い取ると、慣れた手つきで開封《かいふう》、中に収まっていたカード群をちゃっちゃと笑顔でシャッフルし始めた。

……あかん……完全にやる気や、この人……。このSAN値をゴリゴリ削《けず》られる予感しかしないカードゲームを……すっかり平和な日常を享受《きょうじゅ》・堪能《たんのう》していた俺達にガッツリ遊ばせる気や。鬼《おに》か。

『…………』

とりあえず、渋々《しぶしぶ》と席に戻っていく椎名姉妹と知弦さん。会長は小さな手でゆっくりとカードを切りながら、大まかなルール説明を開始した。

「えっと、さっきも言ったけど、このゲームは可愛くて仲良しな動物さん達による――裏切りと策謀《さくぼう》と蹴落《けお》とし合いのゲームなんだよ」

「真冬、ここまで闇《やみ》しか感じないカードゲームの概要聞いたの初めてです」

早速《さっそく》げんなりする真冬ちゃん。気持ちはよく分かる。俺だってエロゲでそこそこグロいデスゲームものとかに耐性《たいせい》ついたつもりだったが、しかしそれはあくまで「最初からそういうものと分かった上で遊んでいるから」だ。

しかし、このカードゲームは違う。会長のメルヘン脳と知弦さんのダークマインドが悪《あく》魔《ま》融合《ゆうごう》した結果、「プリンだと思って食べたら茶碗蒸《ちゃわんむ》しでした」みたいなタチの悪いシロモノへと昇華《しょうか》してしまっている。

なにより厄介《やっかい》なのが、どうも会長自身は作者が故《ゆえ》かその「歪《ゆが》み」にイマイチ気づいてないらしいことだ。

だからこそ、彼女は無邪気《むじゃき》に、嬉々《きき》とした表情で俺達に説明を続けてくる。

「でね。登場キャラクターは三匹《びき》の可愛い動物達なんだよ！　早速紹介《しょうかい》するね！」

『……はい……』

「まず、責任感が強く頼《たよ》れるみんなのリーダーだった『わんわん』！　次に、明るくてお喋《しゃべ》りなムードメーカーだった『にゃんにゃん』！　そして最後に、無邪気でみんなのマスコット的存在だった『ちゅーちゅー』だよ！　よろしくね！」

『…………。……あ……うん……はい……』

会長のキャラ紹介を受け、思わず顔を伏《ふ》せて微妙《びみょう》な相槌《あいづち》を打つ俺達四人。

……今の説明の何がしんどいって、ポジティブなキャラ説明が全て『だった』と過去形で締《し》められていることである。……なにこの新しい鬱描写《うつびょうしゃ》。

「で、これが『わんわん』『にゃんにゃん』『ちゅーちゅー』のイラストね！」

『っ!?』

　更には、会長が嬉々として公開してきたカードイラストを見て戦慄《せんりつ》を覚える俺達。

　――それは、もう「狂気《きょうき》」としか形容できないシロモノだった。

　いや……確かに表情という意味では、全キャラ「笑顔」を見せている。少なくとも、イラストレーターが「笑顔」のキャラを描こうとしていたことだけは、伝わって来ている。

　が、いかんせん、そこは会長の画力。全てが歪んだ線で描かれた結果、全キャラが腹に一物抱《いちもつかか》えて嗤《わら》うヤバいケダモノにしか見えなかった。特にその目の淀《よど》みようときたら！

『…………』

　生徒会室に漂《ただよ》う、なんとも重苦しい空気。

　先日までの『切ない』ムードや、数分前までの『和やか』ムードが嘘《うそ》のようだ。

　まさか、卒業式を目前にしてこんな劇物をブッコまれるとは。……生徒会の一存シリーズは、概《おおむ》ね、最終的になんとなーくいい話風に纏《まと》めて締めるのが、執筆《しっぴつ》者たる俺の中でのポリシーだったのに。どうすんだよこのクレイジーすぎるエピソード。俺的に、絶対最終巻にだけは入れたくないんスけど。雰囲気《ふんいき》ぶち壊《こわ》しなんですけど。

　…………あ、そうだ。

「（アレだな。富士見書房が○○周年記念的な原稿《げんこう》を求めて来た時用のストック行きだな、これ。なんか会長も『長年ご愛顧《あいこ》頂いた読者さんに向けて』的なこと言ってたし、丁度いいや。十年後の読者さんあたりにぶつけたろう、このゲテモノ。流石《さすが》に十年も熟成すりゃ素材がアレでもそれなりに食えるだろ。……たぶん)」

と、俺が一人こっそり小狡《こずる》い決意を固めていると、会長がいよいよ本題たるゲームのルール説明へと取りかかってきた。

「ゲームは凄《すご》く単純！　最初にランダムで一枚配られるカードが、そのまま自分の担当する動物なの！　で、あとは、その動物ごとの勝利条件を満たせば、勝ち。簡単でしょ？」

会長の説明に、真冬ちゃんが若干訝《じゃっかんいぶか》しげな表情を浮《う》かべながらも頷《うなず》く。

「……はいです。確かに今のところ、ゲームの基本ルールとしてはオーソドックスです。まあ、これからの具体的な勝負方法とか勝利条件にもよりますけれど……」

「だいじょーぶ、そこも安定の定番だから！　まず勝負方法は『話し合い』だよ！」

「あ、なんか凄く平和的ですね。真冬、ほっと一安心――」

「『全滅《ぜんめつ》を避《さ》けるため、誰《だれ》を《掃除屋》に差し出し時間を稼《かせ》ぐのか』を協議するんだよ」

「――して損しました！　なんですかその勝負内容！　闇が深すぎますですっ！」

「あ、ごめん、言い方アレだったね。うんと、『とても名誉《めいよ》な《夢の国》に行けるラッキーアニマルさんは、だーれだ♪』っていうゲームだよ」

「むしろその言い方がよりいっそう闇を深めてますです！　ま、真冬いやですっ、この遊び！　抜《ぬ》けさせて下さい！　是非《ぜひ》に！」

「そっか。分かったよ。…………。……真冬ちゃん、夢の国でも、元気でね」

「怖《こわ》っ⁉　な、なんですかその脅《おど》し方！　今日の会長さん、生徒会シリーズ史上最恐《さいきょう》じゃないですか⁉　わ、分かりましたです、やります、やりますですよ！」

「わーい、良かった！　カードゲームは人数多い方が断然楽しいもんね！」

「…………ソウデスネー」

真冬ちゃんが死んだ目で明後日《あさって》の方を見ていた。……俺、仮にも「ゲーム」と名のつくものにあそこまで拒否反応《きょひ》示す真冬ちゃん見たの、初めてだよ……。

真冬ちゃんの引き留めに成功したところで、会長がルール説明の先を続けてくる。

「もう一度言うけど、このゲームは、自分に配られたカードの動物さんの立場で『話し合い』に参加。その後に『投票タイム』を経《へ》て、最終的に自分の勝利条件達成を目指すゲームなんだよ！」

そう言って無駄《むだ》に胸を張る会長に、今度は知弦さんが切り出す。

「なるほど。これまでの話を聞くだに、これはどうやら人狼《じんろう》の亜種《あしゅ》みたいなゲームみたいね。要は口八丁手八丁でどうにか自分の担当動物以外に投票させるゲーム、という解釈《かいしゃく》でよろしいかしら、アカちゃん」

「流石知弦、鋭いね！　殆どその通りだよ！」

「ありがとう。……ん？　殆ど？」

首を傾げる知弦さんに、会長はこれまで以上に前のめりで説明し始めた。

「そこが『わんにゃんちゅーちゅー』のミソでさ。それぞれの動物で『勝利条件』が違うんだよ！」

「ああ、そうなの？」

「勿論！　別に皆、互いが憎いわけじゃないからね！　たとえば『わんわん』の勝利条件は、『にゃんにゃん』を《掃除屋》送りにすることだけど……理由は『にゃんにゃん』が嫌いだからとかじゃ、ないの。ほら『にゃんにゃん』って……最近よく咳してたでしょ？」

「いえその謎の前情報はまるで知らないけれど。でもそういうことなら……なるほど、アカちゃんらしい優しい世界観ね。つまり『わんわん』は、最近ちょっと体調が悪そうな『にゃんにゃん』を、人間に治療させるため、あえて《掃除屋》送りにしようと――」

「あ、ううん。違うよ。『にゃんにゃん』を《掃除屋》に送ることで――実は秘密裏に『わんわん』が完成させていた《猫を媒介に人を蝕む新種の致死性病原菌》の感染ルートを確立させ、人類を根こそぎ滅ぼすこと。それが、『わんわん』の目的なんだよ」

「人狼の比じゃない程に絶望的なテーマ性ね！　ど、どうしたのよ、アカちゃん！　私の大好きな、いつものファンシーな世界観の貴女《あなた》は何処《いずこ》へ！」

目を覚ませと言わんばかりに会長の肩《かた》をゆする知弦さん。……正直「七割ぐらいあんたのせいだろ」とツッコミたい気持ちが強いが、俺と椎名姉妹は黙《だま》って見守る。

と、会長は知弦さんに「だいじょーぶ」とにこりと微笑《ほほえ》みかけると、知弦さんの要望通り、世界観を桜野くりむナイズさせてきた。

「『わんわん』の目的は、大まかに言うと『世界をキレイにすること』だよ♪」

「無理！　ダメよ、アカちゃん！　むしろ前の表現より闇が深いわ、それ！」

「そっかなぁ？　うーん……あ、でもほら、他の動物はもっとライトでミニマムな目的だから、たぶん大丈夫《だいじょうぶ》だよ、知弦！」

「そ、そうなの？」

「うん！　たとえば、逆に『にゃんにゃん』の勝利条件は『わんわん』を《掃除屋》送りにすることなんだけれど、それは決して『わんわん』を恨《うら》んでいるからとかじゃないの。『にゃんにゃん』は、実はもっともっと、先を見据《みす》えてるの！」

「な、なるほど。つまり『にゃんにゃん』は、人類や地球の生態系のことは勿論、『わんわん』自身のことまで思いやった末の、『わんわん』を差し出すという決断――」

「あ、ううん。『にゃんにゃん』は『わんわん』を《掃除屋》送りにした後で、その美しい妻子を『モノ』にしたいだけなのニャン」


「アカちゃん！」

知弦さんが会長を母親の如《ごと》く窘《たしな》める。が、当の会長はと言えば、何を怒《おこ》られているのか分からずキョトンとするばかり。知弦さんが必死で説明する。

「げ、ゲスいわよ！　生々しさだけで言えば、人類滅亡《めつぼう》より遥《はる》かにタチが悪いわよ！」

「そう？　語尾《ごび》に『ニャン』をつけたのに？」

「前半の闇を緩和《かんわ》するには力不足にも程があるわよ！　語尾『ニャン』はそこまで万能《ばんのう》じゃないから！」

「うーん……じゃあ、この勝利条件を『明るい家族計画』と言い換《か》えれば……」

「いや余計ゲスいわよ!?　なんなの、アカちゃんのその『オブラートに包むことで更《さら》に闇を増す』という謎の才能！」

「えへへ、なんか知弦に褒《ほ》められたぁ。嬉《うれ》しい！　わーい！」

「可愛い！　許すわ！」

『おい』

知弦さんがツッコミを放棄《ほうき》したため、ギロリと睨《にら》みつける俺と椎名姉妹。

知弦さんはこほんと咳払《せきばら》いをすると、ほんのりとやつれた表情で話を進めた。

「ここまで聞いたからには、もう聞いちゃうけど……『ちゅーちゅー』の勝利条件は何なのかしら？　まぁ、どうせまた闇《やみ》が深いんでしょうけど……」

「失敬な。そんなことないよ。むしろ『ちゅーちゅー』が最も愛や尊厳に満ちた勝利条件と言っていいぐらいだよ」

「そうなの？……ああ、でもそう言えば確かに、現状、犬と猫はお互いを《掃除屋》送りにするのが勝利条件なのだから『争い』自体はここで完結しているわね。となると鼠《ねずみ》……いえ『ちゅーちゅー』さんの勝利条件というのは、おそらく……」

「そう、賢《かしこ》い知弦ならお察しの通りだよ」

会長がニヤリと微笑んで続ける。

「『ちゅーちゅー』の立ち回り。それは、進んで濡《ぬ》れ衣《ぎぬ》を着せられ、仲間達からの疑いを一身に集め、自らに投票を向かせることなの。なぜならそれこそが――」

そこで知弦さんが、その瞳《ひとみ》に軽く感動の涙《なみだ》を滲《にじ》ませながら会長の説明を引き取った。

「ええ、それこそが、愛に溢《あふ》れた鼠の考える、不毛な争いを止める唯一《ゆいいつ》の方——」

が、しかしそこで会長が、知弦さんのそれとは全く別の結論をサラリと語る。

「ううん、その絶望こそが『ちゅーちゅー』にとって最高のエクスタシーだからだよ」


『最大狂気!』

突如《とつじょ》として現れた三匹《びき》の動物内で最もヤバい思想の持ち主に、震《ふる》えを禁じ得ない俺達。

が、会長だけは相変わらず特に何も気にしていない様子で続けた。

「とゆーわけで、そんな三匹の動物カードのうち一枚が配られるから、あとはその勝利条件たっせーに向けて動くだけだね。『わんわん』だったら、『にゃんにゃん』のカード持っている人物に《掃除屋》送り決め投票の票数が集まるように頑張《がんば》る……みたいな」

まあ世界観はさておき、ゲームのルール自体は意外とオーソドックスだった。それこそ簡易版人狼。既《すで》に市販《しはん》されているカードゲームにも近いものがいくつかあるだろう。……いやこの終末的な世界観は唯一無二にも程があるけれど。

「じゃ、軽くやってみよう!」

大まかな説明を終え、会長が早速《さっそく》俺達にカードを一枚ずつ配り始める。俺は自分のカードを受け取りながら、会長に訊《たず》ねた。

「当然ですけど、自分以外は誰がなんの動物か分からないんですよね？」

「勿論。それを推理して立ち回るゲームだからね」

会長の言葉を聞きながら自分のカードを捲《めく》る。

「（わんわんか……）」

つまり俺は「にゃんにゃん」の生徒会役員を《掃除屋》送りにすればいいわけだが……。

「えと、でもこれ、現時点だと推理のしようがなくないですか？」

自分以外の情報が完全に無なのだから、話し合いの取っかかりもクソもない。それこそ人狼だったら、特殊《とくしゅ》能力持ちキャラの存在なんかで議論が動き出すわけだけれど……。

と、会長が自分のカードを確認しながら、補足説明を繰《く》り出してきた。

「あ、そうそう。全員、最初に一度だけ、誰か一人のカードを見ていいんだよ」

「ああ、なるほど……」

それによって、自分の立ち回りが決まるわけか。俺の場合、もし「にゃんにゃん」を見つけたら排除《はいじょ》しにかからなきゃだし、「わんわん」だったら仲間として擁護《ようご》しなきゃいけない。ああ、勝利条件が自殺めいている「ちゅーちゅー」に関しても同様か。その人物の一人勝ちを許さないため、なんとしても《掃除屋》送りを避けさせねばならない。

………。

脳内でルールを纏《まと》めていて改めて思ったことだけど、なんでこんな鬱々《うつうつ》としたテーマ性なんだ、このゲーム。全然もっと明るい世界観で成り立つじゃないかよ。せめて「誰《だれ》がチーズをかじったのか」程度の犯人捜《さが》しに出来なかったのか。なんだよ、人身御供《ひとみごくう》ならぬ獣《けもの》身御供を決めるゲームって。少なくとも俺が美少女だらけの生徒会に期待したのは、こんなダークな遊びのある日常じゃ絶対ねぇ。

と、俺がドンヨリしている間にも役員達は自分のカードを確認し、そのまま自分の前へと伏《ふ》せた。

会長が「じゃ、私から見ていくねー」と宣言し、皆の顔をムムムと見渡《みわた》す。

「んと、じゃあ……私は杉崎のカード見る！」

「いいですよ会長。むしろカードだけと言わず、もっと他のもろもろも見せて——」

「カードだけでいいよ」

会長に冷たくあしらわれ、そのままカードだけ確認される俺。……虚《むな》しい。と、会長はなにやらやたらと意味ありげにニヤリと微笑んだ。

「そうかそうか、杉崎はそうなんだぁー。確かに杉崎は犬っぽ——なんでもない」

「今のダメじゃないっすか⁉」

会長の、あまりにあんまりなリアクションに抗議《こうぎ》する俺。が、生徒会役員達は特に擁護もしてくれず、更に会長がこほんと咳払いして取り繕《つくろ》ってきた。

「ま、まぁ、今のは『ぶらぶら、フー！』かもしんないしー」

「なんですかその、露出魔《ろしゅつま》が大盛り上がりしているみたいな擬音《ぎおん》は。ブラフですか？」

「そう、ブラフ！　い、いやぁ、ホント、うまいよねー、さすが私！」

「……いいですけど」

仏頂面《ぶっちょうづら》で引き下がる俺。……まあ、そういう戦略と言われたら、なんとも言えない。

さて、次に、時計回りで知弦さんがカードを確認するターンへと移る。と、そこで彼女は軽く挙手し「誰かのを見る前に、一ついいかしら？」と会長に質問を投げた。

「このゲームで使われるカード枚数の内訳って、完全にランダムなのかしら？　たとえば、蓋《ふた》を開けたら全員『にゃんにゃん』だった、なんてケースは……」

「ふふふ、さぁて、どうだろうねぇ」

またも意味ありげに微笑むだけの会長。その態度に俺は呆《あき》れてもの申す。

「いや、会長。流石《さすが》にゲームの基礎《きそ》的な部分の説明をぼかしちゃダメでしょう」

「え？　そうなの？　でもほら、杉崎だって過去に妹さんや幼馴染《おさななじみ》さんとどんなぐっちょんぐっちょんな事態に陥《おちい》ったのか、実はまだ私達に具体的な説明してな――」

「よし、このまま進めましょう、知弦さん」

「貴方《あなた》ねぇ……まあいいけど」

知弦さんがやれやれと肩をすくめて、ゲームを再開させる。

「じゃあ、私もキー君のカード見ようかしら」

「え」

意外な選択《せんたく》に驚《おどろ》き、会長を見やる俺。が、会長はそれに笑顔で応じて来る。

「そういうのも全然アリだよ。誰が誰のカードを見てもいいわけだから」

「そ、そうですか。まあ……分かりましたけど」

そう応じている間にも、知弦さんは俺のカードを手元に引き寄せ、一人確認する。

そして……先程の会長とは違《ちが》い、こちらは堂に入《い》った「妖《あや》しげ」な笑みを漏《も》らした。

「なるほど、アカちゃんの言っていたことは間違いじゃないみたいね」

「え、ちょ——」

そんなん言ったら、いよいよ俺が「わんわん」だと確定させているようなもの——と俺は思わず抗議しようとするも、しかしそれも会長に阻《はば》まれた。

「そういうのも含《ふく》めて、このゲームだから」

「ぐ……」

な、なるほど。非常にシャクだけれど、ぐうの音《ね》も出ない。実際椎名姉妹からしたら、まだまだ知弦さんのブラフを疑う余地もあったはずだ。が……それをむしろ、今の俺の焦《あせ》ったリアクションで自ら台無しにしてしまった感がある。

「じゃ、次真冬ちゃんね」

「はいです。……ふふぅ」

会長に促《うなが》され、真冬ちゃんが目をキラリとさせる。……う……あの目は……。

「じゃ、真冬も先輩《せんぱい》のカードを確認で！」

「やっぱりか！」

俺が頭を抱《かか》える中、真冬ちゃんはぺらりと俺のカードを確認。そっとカードを戻《もど》しながら、妖しく笑う。

「なるほどです。つまり先輩は真冬の敵——おっと、危ない、言い過ぎましたです」

「ぐ、真冬ちゃん、キミってヤツは……！」

「じゃ、次お姉ちゃんです」

「あいよ」

すんなりと深夏にターンが回る。そうして、深夏が取る行動はといえば……。

「じゃ、あたしも鍵のカードを確認で」

「だろうなぁ！」

俺の前からガバッと雑にカードを奪《うば》い、ふーんと眺《なが》める深夏。そして……。

「あ、『わんわん』か」

「言うんだ⁉　もう直接言っちゃうんだ、そういうの！」

これはゲームとして如何《いかが》なモノか、という目で会長の方を見る。が、会長は……。

「うんっ、アリだね！」

「このゲームのルール、ゆるすぎじゃないですか⁉」

「いやいや、そこも含めての戦略だよ、杉崎」

「それカードゲームにおいて魔法《まほう》の便利ワードすぎやしませんかねぇ⁉」

テレビゲームにおける「仕様です」と同じぐらいのズルい言葉だ。なんだこれ。

場の全員にすっかりキャラを把握《はあく》された俺が一人ワナワナと震えるのにも構わず、会長が楽しげにゲームを進行させていく。

「じゃ、最後に杉崎が誰かのカードを確認し終えたら、議論開始だよ！」

「うぅ……」

早速心が折れそうになる。が、しかしこのゲームは別に「正体がバレたら負け」とかってゲームじゃない。あくまで、《掃除屋《そうじや》》送りにされる動物への投票で全てが決まるゲーム。

つまりは、全てがここから先の議論で決まるということ。だったら俺は、メンバーに潜《ひそ》む他の「わんわん」陣営《じんえい》と協力して投票を乗り切るのみだ！

「俺は……俺は、真冬ちゃんのカードを確認します！」

「ほぇ、真冬ですか？　いいですけど……」

真冬ちゃんが不思議そうに小首を傾《かし》げる中、俺は彼女のカードを手元に引き寄せる。

……今回、俺のカードを見て明確に「真冬の敵」などと自らの陣営情報を漏らしたのは彼女だけだ。そこになんらかの意図があるとしたら、それは……。

「（彼女は実は俺の味方たる『わんわん』陣営であるということ！）」

そう推理し、彼女のカードをいざ確認する俺！　果たしてそこにあったのは——

——普通《ふつう》に、ヤバいドラッグでもキメてそうな猫《ねこ》のイラストだった。

…………。

「どうしてわざわざ真冬のカードなんかを……まあいいですけど」

そう言いながら、呆然《ぼうぜん》とする俺の手元から自分のカードを回収する真冬ちゃん。

途端《とたん》に、会長が号令をかける。

「じゃ、議論スタートね！　えっと、じゃあ、とりあえず第一印象で誰を《掃除屋》送りにしたらいいと思うか、指さしで投票してみようか！　いっせーの！」

と、次の瞬間《しゅんかん》、四本の人差し指が俺を向いた。……俺は一人、ぷるぷる震《ふる》えながら敵対者たる真冬ちゃんを指すことしか出来ない。

……と、俺以外の四人の中で、何かが確信に変わるような気配がした。

……だくだくと汗《あせ》を掻《か》く俺。……正直もう、ほぼほぼ状況《じょうきょう》が察せているのだが……。

次の瞬間、会長が無慈悲《じひ》な提案を告げてくる。

「あ、もう、時間待たず本番投票行っちゃおうか、これ。どうせ結論変わらないし」

『賛成』

「え、ちょ――」

俺は慌《あわ》てて抗議しようとするも、全ては手遅《ておく》れ。次の瞬間には会長の音頭《おんど》により本番投票が実施《じっし》され、その結果は――当然ながら先程と同じ、俺に四票。

晴れて、俺の担当していたお犬様の《掃除屋》送りが決定された。

…………。

机に肘《ひじ》をつき頭を抱える。なにこれ、辛《つら》い。大好きな女性達から問答無用で生け贄《にえ》に捧《ささ》げられるって。ハーレム思想の男子にとって、こんなに辛い仕打ちって他にある？

投票が終わると同時に、会長の号令で全員のキャラがオープンされる。その結果は、大方の予想通り――

——俺以外、全員「にゃんにゃん」だった。

「この状況で全員からキャラ確認されるとか、最初から詰《つ》んでいるにも程がある！」

滝《たき》のような涙《なみだ》を流しながら立ち上がり叫《さけ》ぶ俺。と、会長がカードを回収しながら「あっはっは」と笑ってきた。

「まさに、今の生徒会を反映したような構図だったね！」

「なんて悲しいことを言うんですか！　俺、普段《ふだん》からして、皆《みんな》から一人だけ種族の違う、体《てい》のいい生け贄だとでも思われているんですか⁉」

「先輩、どんまいです！」

「フォローと見せかけて『俺への生け贄認識』を認めるのやめて真冬ちゃん！」

あまりの惨状《さんじょう》に遂《つい》には頭を抱えて着席する俺。と、そんな俺の肩《かた》に、隣《となり》から深夏が慰《なぐさ》めるように手を置いてきた。

「そう落ち込むなよ鍵。あたしは……鍵のこと、そんな風に思ってないぜ？」

「深夏……お前……」

「むしろ、あたし達が『にゃんにゃん』なら、お前は『ちゅーちゅー』って感じかと」

「実際の生物的な力関係の話⁉」

「確かにキー君が鼠《ねずみ》だとしっくりくるわね。猫が遊び道具にして殺しちゃう感じとか」

「知弦さんまで⁉」

なんなのこの生徒会。どうして物語終盤《しゅうばん》のこの段階で、俺に厳《きび》しい現実を突《つ》きつけようとしてくるの？

俺がガックリと落ち込む中、会長が軽く咳払《せきばら》いして仕切り直してくる。

「ま、まあ、今のはチューチュートリアルってことで！」

「チュートリアルね、アカちゃん」

「とにかく、もう一戦、今度は本番をやろうよ。ね、杉崎」

「うぅ……。……じゃあ、今度はカード枚数のバランスとってくれます？」

「そ、それがいいかもね。えっと、じゃあ……」

会長が調整に迷っていると、いつものように生徒会のブレーンたる知弦さんが案を出す。

「では、全種二枚ずつ取り出した計六枚をシャッフルして、その中から五枚を配るのはどうかしら、アカちゃん。これなら、三種の動物達が必ず全種出てくる上に、極端《きょくたん》な人数の偏《かたよ》りもなくなるでしょう？」

「あ、うん、そうだね。偏るのも面白《おもしろ》いんだけど……本番はちゃんとやりたいもんね」

「決まりね」

言って会長から山札を受け取ると、宣言通り二種ずつ抜《ぬ》き出してシャッフルする知弦さん。彼女は新たに出来た今回用のデッキを会長に渡《わた》すと、使わない残りはテーブルの隅《すみ》へと置いた。

会長が更《さら》にちゃっちゃと念入りにシャッフルを重ねつつ、俺達に提案してくる。

「あ、折角だから、なんか賭《か》けようよ、本番は！」

その提案に苦笑いを浮《う》かべる真冬ちゃん。

「生徒会長さんが、生徒会室で賭け事の提案ですか……世も末すぎますです」

「そ、そういうんじゃないよ！　お金とかじゃなくて、なんかこう、かわいいもの！」

「あ、じゃあ最新ゲームハードでお願いします！」

「それは全然『かわいく』ないと思うな、真冬ちゃん！　むしろ生々しいよ！」

「いえ真冬、引っ越《こ》しを前にして、近所に住む仲良しの子供に何か残してあげたいだけなのですよっ。ああ、なんて『かわいい』願いでしょうか！」

「いやいや『賭け事で勝ち取ったゲームハード』なんか残されても、むしろその子供の性格が歪《ゆが》むだけと思うけど⁉」

「大丈夫《だいじょうぶ》です！　真冬にガッツリ絡《から》んだ時点で彼女、既《すで》にもう色々手遅れなので！」

「何も大丈夫じゃないよねぇ!?　とにかくゲームハードはなし！　高価すぎるし！」

会長が珍《めずら》しく至極《しごく》真っ当な意見を述べていた。真冬ちゃんが「ですか……」としゅんと落ち込んで引き下がる中、今度は深夏が元気に挙手する。

「主要登場人物達によるバトルロイヤルに与《あた》えられる報酬《ほうしゅう》なんざ、昔から一つしかあり得ねぇだろ！　そう、それは、なんでも願いを——」

「知弦は何がいいと思う？」

と、ここで会長の華麗《かれい》なスルースキルが発動。深夏のボケターンが終わった。

深夏が落ち込む中、知弦さんが「そうねぇ……」と顎《あご》に人差し指をつけて考える。

そうして数秒後。なぜか彼女は俺の顔を妖《あや》しく見つめながら、提案してきた。

「……『キー君が勝者のおでこにキス』……なんていうのは、如何《いかが》かしら？」

『——』

その瞬間、生徒会の空気が俄《にわか》に変質した。

『……………』

全員が全員、互《たが》いの様子を窺《うかが》いながら、ごくりと息を呑《の》む。唯一《ゆいいつ》、提案者たる知弦さんだけが顔に余裕《よゆう》の笑みを湛《たた》えながら話を進めてきた。

「ほら、これって『かわいくて』『金銭がかかってない』いい報酬だと思わないかしら、アカちゃん？」

「え、わ、私？」

話を振《ふ》られて途端にドギマギし始める会長。彼女は一瞬俺の方を見た後、慌てたように顔を赤くしてふいっと視線を逸《そ》らしながら応じる。

「ま、まあ……その……えと……。…………べ、別にいいんじゃない？」

「会長⁉」

てっきり激しいツッコミの一つも入ると思い込んでいた俺は、意外な展開に驚《おどろ》いて声をあげ、思わず立ち上がってしまう。いや……だって……。

「（ここはほら、いつもなら『そんなの報酬になってない』的なツッコミ入って、俺がそこに抗議《こうぎ》する流れじゃ……！）」

普段ハーレム王を公言する割には、女性陣《じん》に自分が蔑《ないがし》ろにされない流れには著《いちじる》しい不安を抱《いだ》く俺である。だ、だってこの手の扱《あつか》い、慣れてないにも程がある……！

「い、いや、俺の『でこちゅー』が報酬って、そんなの……。……な、なぁ、深夏？」

俺はガラにもなく本気の照れで頬《ほお》を赤らめながら、相棒役のクラスメイトにツッコミレスキューを求める。果たして、その結果は……。

「………。………………あたしは、まぁ、悪くねぇと思うけど……」

「ぐはっ！」

ぽりっと頬を掻いて照れくさそうに賛成する純情乙女《おとめ》の姿に、胸が撃《う》ち抜かれる俺。あかん。この流れはあかん。幸せだけど……幸せだけど、こそばゆすぎる！　某雛見沢《ぼうひなみざわ》症候群《しょうこうぐん》よろしく喉《のど》や胸を掻きむしって死ぬ恐《おそ》れまで出てきたぞ、おい！

俺は最後の希望とばかりに、真冬ちゃんの方を見やる。最初にゲームハードを欲しがっていた彼女ならば、きっとこの報酬に不満を述べてくれること間違《まちが》いな――

「はいはい、なるほどです。わかりました。……ところで先程は真冬、ゲームハードとかクソみたいな報酬を提案して、申し訳ありませんでした皆さん」

「真冬ちゃん!?　今キミ、シリーズ終盤《しゅうばん》戦で大変なキャラブレ起こしてない!?」

「甘いですね先輩《せんぱい》。いざというときは、ゲームよりも人間関係を優先する。それが真冬の哲学《てつがく》であり、そして――真冬の教え子に伝えた『いい男』の条件なのですよ！」

「いやサラリと何子供に伝授してんの!?　キミ、カレシいたこともないよねぇ!?」

「大丈夫です先輩。真冬の恋愛《れんあい》理論だけは、大体テキトーに聞き流してますから、彼女」

「既にキミより大人だねその教え子！　いや、今は、そんなことよりも……」

俺はそこで真冬ちゃんのみならず、全員に向かって訴《うった》えかける。

「ほ、本当に俺の『でこちゅー』なんかでいいんですか、報酬！　言っちゃなんですが……いざやるとなれば、俺も相手も大分気恥《きは》ずかしいことになるの、目に見えてますよ⁉」

『無論、覚悟《かくご》の上』

「なんだその武士的な覚悟！」

生徒会女性陣の目が、いつになく据《す》わっていた。やだ、なにこれ怖《こわ》い。もしかしてあたいの「でこちゅー」、自己評価低すぎ？

しかしこうなると、もう俺も条件をのむしかない。俺は仕方なく「分かりましたよ……」とすごすご着席しつつも、最後に一つだけ、知弦さんに疑問をぶつけてみた。

「まあ、女性陣が勝者の場合は、俺からの『でこちゅー』が報酬でいいですよ。でも、たとえば俺が一人勝ちとかした場合は、どうなるんです？　俺が俺に『でこちゅー』って」

「ええ、普通《ふつう》に考えて、キー君の唇《くちびる》を切り取ってその額に貼《は》ることになるでしょうね」

「それが『普通』の発想だと思ったら大間違いですよ、ミス殺人鬼《さつじんき》予備軍」

「冗談《じょうだん》よ。でも……そうね。じゃあキー君が勝った場合は、この中の好きなメンバーから『でこちゅーをして貰《もら》える』でいいんじゃないかしら？」

「…………」

その提案を受けた途端《とたん》、俺は一度深く息を吐《は》くと、机に両肘《りょうひじ》をつき、口元の前で手を組んだ。所謂《いわゆる》『碇《いかり》ゲン○ウポーズ』だ。更には、そのままゆっくりと目を瞑《つぶ》る俺。

と、知弦さんが動揺《どうよう》したような声をあげてきた。

「？　キー君？　どうしたのかしら？　何か報酬に不満でも——」

「黙《だま》って知弦さん。俺今、このゲームの必勝法を構築しているんで」

「大変よ皆《みんな》！　優良枠《わく》の地頭《じあたま》いい生徒がここに来て本気を出し始めたわ！」

俺の豹変《ひょうへん》にざわつく生徒会。と、俺に考える時間を与えないためか、会長が慌《あわ》てたように全員へカードを配り出した。……く、まだ詰《つ》め切れていないのに……。

俺達はそれぞれ自分に配られたカードを手に取り、確認する。……先程のゆるい勝負とは打って変わり、全員が全員、絶対に他の人間に見られないよう、ガチで隠《かく》しながらの確認だった。

「(……はぁ、また『わんわん』か……)」

自分のカードを確認して、心の中で嘆息《たんそく》する俺。個人的には「ちゅーちゅー」が理想だった。なぜならこの生徒会には普段《ふだん》から基本「杉崎叩《たた》き安定」みたいな空気が蔓延《まんえん》しているからだ。つまり、嫌《きら》われ者のこの俺に票を集めることなんざ大変容易なわけで。……ごめん、言っててなんか虚《むな》しくなってきた。やめよう、この話。

なんにせよ「わんわん」になったものは仕方ない。これはこれで頑張《がんば》ろうじゃないか。ふと周りを見渡《みわた》せば、皆も俺同様自分のカードを確認し、無表情かつ無言で思考を巡《めぐ》らせていた。……なにこのガチすぎる雰囲気《ふんいき》。いや、俺もガチなんだけどさ。

全員の確認が終わったところで、会長が音頭《おんど》を取る。

「じゃあ、今回は前回負けた杉崎から、反時計回りに他人のカード見ていこうか」

「了解《りょうかい》です。じゃあ……」

俺は皆のカードを前にし、少し考える。……この時点で見るべきは、やはり「敵に回したときに厄介《やっかい》な人間」だろう。となると……。

「俺は、知弦さんのカードを見ます」

そう宣言して手を伸《の》ばすと、知弦さんが誘惑《ゆうわく》するようにねっとり唇を動かしてきた。

「あらぁ、キー君、見るのはカードだけでいいのかし――」

「はい、いいです、カードだけで」

今ばかりはガチ勝負モードの杉崎鍵なため、キッパリと切り捨てる俺。

と、珍しく知弦さんが顔を赤くしてプルプル震《ふる》えだした。

「く、な、なにかしらこの屈辱《くつじょく》は！　アプローチがかわされるのって、こんなに恥ずかしかったのね……！　キー君、貴方《あなた》よく一年も耐《た》えたわね、この仕打ち」

「あー、慣れッスよ、慣れ」

ヘラヘラと返しながら知弦さんのカードを確認する。と、それは……。

「（お、『ちゅーちゅー』か。あっぶな、確認しといて良かった！）」

知弦さんに、トリッキーな勝利条件のカードだなんて、相性《あいしょう》が良すぎる。知らなかったら確実に翻弄《ほんろう》されて、知弦さんに一票入れてしまっていたこと受け合いだ。

俺が知弦さんにカードを戻《もど》すと、次に深夏の確認ターンへと移る。彼女は椅子《いす》をぐらぐら揺《ゆ》らしながら「んー」と少し考えた後「決めたっ」と声をあげると同時に俺のカードを手に取った。

「どれどれ、鍵のカードはっと……。……ふむふむ、なーるほーどねぇ」

それだけ言って、ほいっと俺の方にカードを放って返す深夏。相変わらず雑な動作ながら、それでも先程のように露骨《ろこつ》に俺の担当動物を口にしたりしないあたり、今回は彼女なりに真剣《しんけん》に取り組んでいることが窺われた。

「あ、次、真冬ですね」

そう言って、真冬ちゃんが品定めを始める。

「うーん……先輩か、紅葉先輩なんですけどね……どっちにしようかな……」

悩《なや》みながらそう零《こぼ》す真冬ちゃん。と、深夏が不思議そうに訊《たず》ねた。

「え？　あたしと会長さんは？」

「あ、それはいいです。脳筋とお子様を警戒《けいかい》する必要もないですし」

『おい』

深夏と会長が同時にツッコむも、真冬ちゃんは聞いちゃいなかった。真剣に俺と知弦さんの間で迷い続けている。……彼女も、本来なら少なくとも先輩たる会長相手にはもう少し気を遣《つか》った物言いをする女の子なのだが……今だけはガチらしい。

結局真冬ちゃんは俺同様、知弦さんのカードを確認し、そしてこれは俺にしか分からないだろうが、ほんのりと「見て良かった」といった様子の表情を浮《う》かべていた。

真冬ちゃんが知弦さんにカードを返したところで、知弦さんの番に移る。

「さて、どうしたものかしらね。戦闘《せんとう》民族とマスコットはどうでもいいとして……」

『おーい』

またもツッコミを入れてくる、おバカ扱《あつか》いコンビ。いや……二人には悪いけど、知略によるガチ勝負となったら、そりゃ警戒するのは他の人になってくるって……。

知弦さんは俺と真冬ちゃんを交互《こうご》に窺《うかが》い見た後「決めた」と呟《つぶや》き——少し意外にも、真冬ちゃんのカードを手に取った。

「ゲームと名のつくもので、貴女《あなた》を侮《あなど》る理由はないものね」

言いながら、真冬ちゃんのカードを確認する知弦さん。真冬ちゃんがほんのり緊張《きんちよう》の面《おも》持《も》ちを見せる中、知弦さんは……ニヤリと笑って、呟いた。

「なるほどね。……見ておいて良かったわ」

なにやらいやらしい物言いで駆《か》け引きしながら、知弦さんがカードを返す。もし見られたのが俺なら冷《ひ》や汗《あせ》掻《か》きまくりだろうが、流石《さすが》、真冬ちゃんはポーカーフェイスだった。

「じゃ、最後は私だね！」

会長が勢い良く立ち上がり、俺達を見回してくる。

「さぁて、誰《だれ》のカード見ようかなー。うーん……あ、現時点で誰にもカード見られてない人って、誰かな？」

その問いに、深夏が嘆息しながら応じる。

「あたしと会長さんだよ。……なんか、妙《みよう》になめられてるからな、あたし達……」

「そ、そうだったね。えと……じゃあ、私は深夏の見ようかな！　うん！」

「……うぅ、ありがとよ、会長さん……」

「……どういたしましてだよ、深夏……」

笑顔で会長にカードを渡《わた》す深夏と、それを優しげに受け取る会長。そして……。

「わ、わー。なるほどナー。こ、これは、見ておいて、良かったナー」

「……ホント、ありがとな、会長さん……」

心なしか深夏の目尻《めじり》に軽く涙《なみだ》が滲《にじ》む。……このゲーム史上最も心温まる一場面が、そこにあった。……なんだこれ。

とにもかくにも、これにて全員のカード確認が終了《しゅうりょう》。となれば、いよいよ議論の開始だが、その前に会長が「あ、あと補足二つだけ！」と声をあげてきた。

「まず『自分』に投票ってのは、ナシ」

「ああ、それアリだと『ちゅーちゅー』は確実にそうしちゃいますもんね」

「だね。あともう一つ。同じ動物を持つ者同士は、完全に運命共同体なんだよ。えっと、イメージとしては、一匹《いっぴき》の動物を複数人で受け持っている感じかなぁ」

「ああ、了解です。つまり、たとえ自分が投票を切り抜《ぬ》けても、相棒が一番投票されたら意味なし、みたいな話ですよね？　あ、『ちゅーちゅー』の場合は逆ですけど」

「そういうことだね！　勝利条件の達成に関してもまた然《しか》り、だよ」

つまり今回、場合によっては二人の勝者が出ることもあるわけだ。……俺が二人の女子に「でこちゅー」する……なんだろう、仄《ほの》かに背徳感のある光景だな。

「(ま、俺としては『して貰う側』の方が単純に嬉《うれ》しいから、勝ちは譲《ゆず》らないがな!)」

する側となると、やはり「照れ」の方が勝ってしまってどうにも楽しみきれないからな。

ここは絶対勝利一択《いったく》だ!

と、俺が決意を固めると同時に、会長が声をあげた。

「というわけで、皆準備はいい? じゃあ、議論スタート! 制限時間は三分だよ!」

会長がどこからか取り出して来たキッチンタイマーを長机中央で作動させる。

ゲームの開始から、一秒、二秒。無言で牽制《けんせい》し合うように互《たが》いの表情を窺う俺達。……

誰が最初に議論の口火を切るのか。これは非常に重要だ。ここは慎重《しんちょう》に——

「はいはーい! 私が見た深夏のカードは、『にゃんにゃん』だったよ!」

——いきなり会長が超弩級《ちょうどきゅう》のファーストアタックを仕掛《しか》けてきた。

これには皆が動揺したものの、一番まいったのは当然——深夏だ。この告発への返し方いかんによっては、完全に「にゃんにゃん」で確定され、俺みたいな犬陣営《じんえい》に投票が集まるのは必至《ひっし》だ。

「………………」

彼女はしばし表情を隠すように俯《うつむ》き、沈黙《ちんもく》する。……彼女は一体どう対応するのか。俺達が固唾《かたず》を吞《の》んで見守っていると……深夏は、ゆっくりと顔を上げた。

その表情は——意外にも、ヘラヘラとした軽薄《けいはく》な微笑《びしょう》だ。

「まぁ、会長さんの戦略が『それ』でいいなら、あたしは別にいいけどさ」

『……っ！』

なんとも上手《うま》い切り返し方だった。これでは……これでは、俺や知弦さん、真冬ちゃん的には「どういう意味なのか」が確定し切れない。実際深夏が「にゃんにゃん」なのか、それ以外なのか……。

実際、会長が「高度な嘘《うそ》をつく」戦略をとれるようにも思えないため、ほぼほぼ深夏は「にゃんにゃん」だと思うのだが……しかし、どうだろう。今日の会長は若干歪《じゃっかんゆが》みの入った会長である。完全に油断するのも違《ちが》う気がする。

と、そうこうしていると、今度は告発された深夏自身が仕掛けてきた。

「じゃあ言うけど、あたしの見た鍵のカードは『にゃんにゃん』だったぜ？」

『⁉』

この情報に、またも動揺《どうよう》する生徒会の面々。特に動揺したのは、当然ながら……。

「(いや俺『わんわん』ですけど⁉　なんで⁉　どういう意図なんだ、深夏⁉)」

……深夏の嘘を唯一《ゆいいつ》知る人物こと、俺だ。

隣《となり》で挑発《ちょうはつ》するようにニヤニヤ笑うクラスメイトを睨《にら》み返しつつ、この嘘告発にどう対応したものかを必死で考える。

「(なんだ？　現時点で俺を『にゃんにゃん』に仕立てて、深夏になんの得がある？……実は『わんわん』なのか？　会長が嘘をついていたと？　いやそれは……)」

そう深い思考の迷路に入りかけたところで、俺はハタと気づく。

いや、この「嘘」自体に深い意味はないのだと。むしろ、こうやって俺が「迷う」ことこそが、彼女の最大の狙《ねら》いなのだと。おかげで俺は今、深夏の担当動物に全く確信が持てなくなってしまっている。会長が告発した時点では、完全に「にゃんにゃん」扱いだったのに、だ。

俺は一つ息を吐《は》くと、先程の深夏に倣《なら》い、どうとでもとれる微笑で切り返してやった。

「ああ、困ったなぁ、俺の正体バラされちまったなぁ～」

実に白々しいリアクションを取る俺。深夏が軽く舌打ちする。……よし。

続いて俺は、自分の持つ情報で仕掛けることにした。

「それはそうと、皆《みな》さん、知弦さんは『ちゅーちゅー』ですよ。ね、真冬ちゃん？」

「え？」

突然《とつぜん》俺に話を振《ふ》られ、キョトンとする真冬ちゃん。……これで彼女が俺にフツーに同意してくれれば、とりあえず知弦さんの勝ちの目だけは潰《つぶ》せ——

「何言ってるんですか先輩《せんぱい》。紅葉先輩は『わんわん』さんでしたよ？」

「⁉　ぐ……」

思わぬ不同意に、動揺する俺。俺の知弦さん告発に乗ってこない……だと？　これはつまり……。

「（真冬ちゃんも『ちゅーちゅー』陣営なのか。だから、仲間たる知弦さんを……）」

俺がそう順当に推理を進めたその時。しかし、今度は知弦さんが「あら」と声をあげた。

「おかしな気まぐれをするのね、真冬ちゃん。とっても『にゃんにゃん』らしいこと」

「な——」

この発言に、推理をかき乱される俺。真冬ちゃんが「にゃんにゃん」？　いや、そんなハズは……あり得なくも、ないのか？　だとしたら、さっき知弦さんをかばうような素振《そぶ》りを見せたのは、自分を「ちゅーちゅー」に見せかけて投票を逃《のが》れるための——

「あと一分だよ～」

『もう⁉』

会長の宣言に、動揺の声を上げたのは俺と深夏だけだった。知弦さんと真冬ちゃんは流石のゲーム感なのか泰然《たいぜん》と構えている。そして会長はと言えば……。

「ふふん、私の言うべきことは、もう、言ったもんね！」

と、恐《おそ》らく大した根拠《こんきょ》もないくせに、バカみたいにふんぞり返っていた。……このゲームの制作者とは思えない投げっぷりだ。これは……彼女の深夏に対する「にゃんにゃん」告発、そのまま素直に信じていいんじゃ……。

「や、鍵、待てって」

「？　深夏？」

俺のそんな思考を読んだのか、俺の肩《かた》に手を置いてくる深夏。彼女は周囲を見回した後、俺の目を見て語りかけてきた。

「このまま『流れ』に乗ったら、どう考えたってあたし達の負けな気がしねぇか？」

「あたし達って……」

「ああ。もう言っちまうが……あたしは『わんわん』なんだよ、鍵」

「⁉」

ここに来て深夏までもが妙な情報を放り込んで来やがった。な、なんなの⁉　皆《みんな》して、どうしてピンポイントで俺の心だけをかき乱すような情報を提供してくるの⁉

俺は半ばこんがらかる頭で、なんとか必死に切り返す。

「ええと、じゃあ、なんで最初、俺にあんな……」

「戦略に決まってんだろ。何が怖《こわ》いって、あたしは、知弦さんや真冬に『わんわん』陣営の情報を完全把握《はあく》されるのが怖かったんだからな。そりゃ嘘もつく」

「そ、そうなの……か？」

なんか説得力ある気がする！　ど、どうしよう、そうなってくると、つまり……。

俺が目を泳がせていると、深夏が今度は突然ガッと肩を組んできた。

「あたしの読みだと、真冬と知弦さんは『ちゅーちゅー』だ。で、ヤツらは最初に互いにカードを確認している。つまり……」

「ああ、投票ではお互いに一票を投じれば、それだけで勝率が大分高いわけか。だから議論がどう転んでも、あんなに余裕綽々《よゆうしやくしやく》で、落ち着いて……」

『…………』

と、ほんのりとだが、俺と深夏の会話を受けて二人の顔色が変わった気がした。

この推理は……的《まと》を射ている気がする！

つまり、俺が投票すべきは、この二人以外。会長か、深夏に……。

「で、鍵。さっきも言ったようにあたしは『わんわん』だ。となると？」

言いながら、知ってか知らずかむにゅっと豊満なバストを押しつけてくる深夏。

うぅ……。

「会長が『にゃんにゃん』だと……」

「そういうこったな。んじゃよろしく、鍵」

「あと十五秒〜」

そんな俺達の会話を聞いていたにも拘《かか》わらず、のほほんと残り時間を読み上げる会長。

と、そこで知弦さんと真冬ちゃんが急に声をあげてきた。

「キー君、真冬ちゃんは本当に『にゃんにゃん』よ。信じて。だって実は私……貴方に勝って欲しかったんだもの。貴方《あなた》の指名を受けて、その額に、私からキスがしたくて……」

「な──」

「いえ先輩、告白しますと、先輩の推理通り真冬は『ちゅーちゅー』です。もう認めちゃいます。でもその上で……真冬に投票して勝たせてくれませんか？　そうしてくれたら真冬……先輩からの『でこちゅー』に、突然背伸《とつぜんせの》びして、『でこちゅー』じゃなくしちゃうかもしれませんです……」

「ふぉぉ⁉」

もう俺の心は千々《ちぢ》に乱れるばかりだった。童貞《どうてい》には受け止めきれねぇよこの状況《じょうきょう》！

もう何を選択《せんたく》していいのか分からず、頭を抱《かか》え込む俺。残り時間は五秒もない。

状況が混沌《こんとん》とする中……最後に、突然会長が俺を呼んできた。

「杉崎」

「？」

呼ばれて顔を上げる。すると会長は……他の役員のように翻弄《ほんろう》するでも誘惑《ゆうわく》するでもなく、ただいつも通りに、胸を張って──無邪気《むじゃき》な笑顔で俺に一言だけ告げて来た。

「──やっぱり楽しいねっ、生徒会は！」

「────」

キッチンタイマーから鳴《な》り響《ひび》く電子音が議論タイムの終わりを告げる。

会長は椅子《いす》から立ち上がり「よっ」とタイマーを止めると、そのまま、笑顔で皆を見渡《みわた》してきた。

「ではではっ、お待ちかねの投票タイムだよ！　いっせーので、自分以外に指さし投票してね。あ、それと同時に、自分のカードもオープンで！　じゃあ皆、準備はいいかな？」

会長の問いかけに、こくりと、無言で頷《うなず》く俺達。会長がそれを満足げに見守ると──実に声高《こわだか》に、最終号令をかけてきた。

「じゃあいくよー？　いっせー………の！」

会長の声に合わせ、思い思いに指をさし合う生徒会役員達。遂《つい》に勝負が決まる。

それぞれの指さす先が複雑に交差する中、会長が順番に答え合わせを始めてきた。

「えーと、まず、知弦と真冬ちゃんが、お互いに一票ずつね」

互《たが》いをさし合う知弦さんと真冬ちゃんの二人。公開されたカードを見れば、やはり二人は『ちゅーちゅー』仲間だった。深夏の推理は完全に正解だったことになる。流石《さすが》だ。

では、そんな鋭《するど》い推理を披露《ひろう》した深夏の正体や投票先はと言えば……。

「深夏は『にゃんにゃん』さんで、私に一票だね」

会長の言葉を受け、ジロッと深夏を睨む俺。彼女は特に悪びれる様子もなく俺に笑い返してくる。

「いやぁ、騙《だま》し通せると思ったんだけどなぁ。実際鍵、ギリギリまであたしの側につこうとしていただろ？」

「ああ……まぁな」

そう応じながら、俺は自分の……そして、会長の指さす投票先を確認する。

と同時に、会長がニッと笑いながら——いよいよ、この投票の結末を口にした。

「で、私と杉崎の『わんわん』さん二人が、『にゃんにゃん』さんたる深夏に投票！　よって最終結果は――『わんわん』さん陣営《じんえい》だった私と杉崎の勝利！　わーい！」

ぱちぱちぱち、と会長に拍手《はくしゅ》を促《うなが》され、手を叩《たた》く俺達。椎名姉妹も知弦さんも、どこかやりきった様子の清々《すがすが》しい笑顔を見せていた。

結果発表が終わったところで、知弦さんが「一ついいかしら」と俺に訊《たず》ねてくる。

「アカちゃんは最初に深夏のカードを見ているから、敵対する彼女に投票するのは分かるのだけれど。キー君、貴方は何故《なぜ》、最終的に深夏に投票したのかしら？　私から見ていても、彼女の立ち回りは上手《うま》かったと思うのだけれど……」

その疑問に、真冬ちゃんも「ですね」と同意してくる。

「少なくとも真冬はお姉ちゃんのこと『わんわん』さんっぽいなと思ってましたです」

二人の言葉に、俺もまた、こくりと頷いて半ば同意を示した。

「確かに俺も、深夏の立ち回りは凄《すご》く上手かったと思ってるよ。今回のＭＶＰと言っていいぐらい、完璧《かんぺき》だとさえ思う」

「？　鍵、お前、じゃあなんで、会長さんについたんだ？」

キョトンと首を傾《かし》げる深夏。俺はぐるりと生徒会室を見回し……最後に会長を見つめると、にこりと彼女に笑いかけながら答えた。

「今回は会長にノるのが、一番楽しそうだったから。ただそれだけかな」

『……なるほど』

俺の回答に、柔《やわ》らかく微笑《ほほえ》み、納得してくれる椎名姉妹と知弦さん。……こんな一見わけのわからない勝負動機を素直に受け入れてくれるあたり、やっぱり生徒会は生徒会だなと、嬉《うれ》しくなってしまう。

「さて、じゃあ、皆《みんな》からカード回収ぅー。おしまーい。楽しかったねぇー」

会長が笑顔でカードを片付け始める。俺もまたそれを手伝い、そうして全てのカードを小箱に戻《もど》し終えたところで、俺と会長はニコニコと微笑み合った。

「よしっ、じゃあ会長、今日はもう遅《おそ》くなってきましたし、そろそろ……」

「だねっ、杉崎！　じゃ、本日の生徒会、しゅー――」

『でこちゅーは？』

『うぐ⁉』

ビクリと肩を震《ふる》わせる俺と会長。二人、そぉっと窺《うかが》い見ると……他三人の目が、キュピーンと妖《あや》しげに光っていた。

　俺と会長は額に汗《あせ》をダクダク掻《か》き、目を泳がせながら言い訳を試みる。

「い、いや、ほら、遊びでの賭《か》けって、その場のノリに寄与《きよ》すれば充分《じゅうぶん》というか……」

「そ、そうそう、杉崎の言うとーり！　『命賭けるー！』とか『百万円賭けるー！』とかと同じでさ。普通《ふつう》、本当に取り立てたりはしないというか……」

『いや、うちは取り立てますけど』

『厳《きび》しい！』

　目にダイヤ型の光を湛《たた》えたまま、瞬《まばた》き一つしない生徒会役員達。……あかん。全然帰宅する気ないぞ、この人達。

　俺と会長は互いに一瞬《いっしゅん》目を合わせるも……しかしすぐに恥《は》ずかしさから視線を逸《そ》らすと、更《さら》に言い訳を試みた。

「あ、ほら、俺と会長の二人が勝者ということは、『でこちゅーする』権利と『でこちゅーされる』権利のぶつかり合いなわけで、トータル、無効に……」

「そうそう、それね！　杉崎の言う通りだよ！　これはもう、間をとって――」

『二人が、お互いにでこちゅーで、よろ』

『!?』

悪魔《あくま》だった。生徒会室に、悪魔が今、三人いた。こいつら……俺と会長が、いざとなったら気恥ずかしさマックスだったの、見抜《みぬ》いてやがる！

悪魔三人が、ゆっくりと手拍子《てびょうし》を始める。

『でーこーちゅ。でーこーちゅ。でーこーちゅ。でーこー……』

「なにこの生徒会！　こ、怖《こわ》いよぅ、杉崎ぃ！」

会長が「えーん」と俺に泣きついてくる。可哀想《かわいそう》に。しかし……それでも止まらぬ、でこちゅーコール。……マジか。このハーレム、マジか。

『でーこーちゅ。でーこーちゅ。でーこーちゅ』

『う、うぅ……』

最早《もはや》二人、ひしっと互いの体を強く抱《だ》きしめ合って怯《おび》える俺と会長。かつてこんなに生徒会をアウェーに感じたことがあったろうか。

しかし、そうしていても一向に止《や》まないでこちゅーコール。どうやらこれは……長引かせれば長引かせるほど、余計辛《つら》くなっていく類《たぐい》のイベントらしい。

『…………』

……俺と会長の視線が絡《から》む。……互いに半ば覚悟《かくご》は決めたものの、それでも、頬《ほお》は真っ赤だった。うぅ……俺ハーレム王目指しているけど、こういう「お恥ずかし」耐性《たいせい》は自分でもびっくりする程無かったんだな……！

『でーこーちゅ。でーこーちゅ。でーこーちゅ』

今やそういう化け物か何かの如《ごと》く、三人声を合わせてはやし立ててくる何か。

……………ええい、もう、やるっきゃない！

「会長。……じゃあ俺から、行きますよ？」

「ふぇぇ!?　いや、あの、すぎさ——」

慌《あわ》てふためく会長、が……注射と同じくこういうのは子供が身構えるより前に終わらせた方がいいと判断した俺は、問答無用で——

——ちゅっと、彼女の小さなおでこに、自らの唇《くちびる》を、触《ふ》れさせた。

「————」

会長が息を呑《の》んでいるのが分かる。……俺は俺で、そのおでこの……想像していたより遥《はる》かに滑《なめ》らかな感触《かんしょく》に、心臓のバクバクが抑《おさ》えられない。

俺はすぐに会長のおでこから顔を離《はな》す。が……その刹那《せつな》、会長は俺の首元のネクタイをぐいっと引っ張ると、俺の頭の位置を無理矢理下げさせ、そして……。

「んっ」

まるで小鳥が啄《ついば》むかのような、小さく、震えた……だけど何より温かい唇を、俺の額に触れさせてきた。

そうして、俺同様、すぐに身を離す会長。

『…………』

俺と会長は、向かい合ったまま、頬を真っ赤にして互いに俯《うつむ》く。うぅ……今日の会議はただのカードゲーム回だと思っていたのに、どうして、こんな……。

何かから逃《に》げるように、他のメンバー達の方を見やる俺と会長。

と、俺達をはやし立てた張本人達はといえば——

『……うわー……本当にするんだ……』

——なんかドン引きなさっていた。これには流石に俺も会長も激昂《げきこう》する！

『やれって言ったのはそっちじゃん⁉』

『いや……そうだけど……ねぇ？』

『ねぇって何、ねぇって！　ちょっと!?』

必死で抗議《こうぎ》の声をあげる俺達。が、三人はなにやら大きな嘆息《たんそく》を漏《も》らしたかと思うと……突然《とつぜん》、席を立って口々に別れの挨拶《あいさつ》を交わし始めた。

「じゃ、また明日ね、深夏、真冬ちゃん。……ついでにアカちゃんとキー君も」

「うぃー、お疲《つか》れっす、知弦さん。……じゃ、帰ろうぜ、真冬。鍵と会長さんのお邪魔《じゃま》みたいだし」

「はいです、お姉ちゃん。…………じゃあお二人は、ごゆっくりなさって下さいです」

『まるで俺（私）達が自発的にでこちゅーしたみたいに！』

愕然《がくぜん》とする俺達。そして、マジで帰って行く生徒会役員達。

そうして、三人がいよいよ生徒会室から出て行ってしまったところで、俺と会長は思わず目を見合わせ……。……そして……。

『…………っ！』

二人、再び顔が真っ赤に染まる。

俺達は慌てて視線を逸らし合うと、そのまま乱暴に自分のカバンへと筆記用具やその他荷物を放り込み、更には防寒具一式をひったくるように回収。そうして……。

『ま、待って、皆！』

俺達二人もまた、小走りで、三人を追いかけるように生徒会室を後にしたのだった。

私立碧陽《へきよう》学園生徒会。

その賑《にぎ》やかな日々の欠片《かけら》は、今なお、色褪《いろあ》せることなく煌《きら》めき続けている。

「私達の物語に終わりなどないのよっ！」

by 桜野くりむ

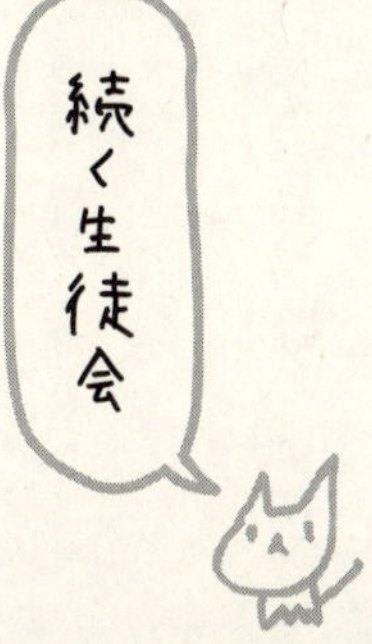

【続く生徒会】

「信頼《しんらい》こそ力なのよ！」

会長がいつものように——いや。

あの頃のように、小さな胸を張ってなにかの本の受け売りを偉《えら》そうに語っていた。

俺はそのあまりに懐《なつ》かしい光景を前に、思わず涙《なみだ》ぐんでしまう。

——が、すぐにそんな俺を、隣《となり》の席から椎名《しいな》深夏《みなつ》が茶化してきた。

「おいおい、いくらなんでも泣くのは早すぎだろう、鍵《けん》。思春期の女子かよ」

「う、うっせぇよ、深夏。べ、別に俺、泣いてねーし」

否定しながら、睨《にら》み付けるように彼女の方を見やる。そこにいたのは、活発でボーイッシュな短いツインテールの女子高校生——などではなく。

髪《かみ》を下ろし、顔には薄《うす》くメイクが施《ほどこ》された——大学生になった、椎名深夏の、姿で。

彼女はすっかり大人びた横顔で……けれどあの頃《ころ》とまるで変わらない男勝《まさ》りな笑い方をしながら俺の肩《かた》をバンバン叩《たた》くと、「ま」と少し照れくさそうに続けてきた。

「鍵ほどじゃないにしても、あたしだって懐かしの『受け売り名言』のくだりには、ぐっと来てしまったけどな。……そっちの二人だって、そうだろう？」

深夏が対面席に座る二人へと話を振《ふ》り、俺もそちらへと視線を向ける。

そこで笑みを浮《う》かべていたのは、華奢《きゃしゃ》で色白な儚《はかな》い印象の後輩《こうはい》会計と、知的で妖艶《ようえん》な女子高生らしからぬ体つきの先輩《せんぱい》書記——ではなく。

「えへへ、はいです。実は真冬《まふゆ》もちょっぴり感動してしまいました」

髪を肩上まで切り、どこか垢抜《あかぬ》けて元気な印象の増した女子高校生、椎名真冬と。

「ええ、そうね。キー君が泣いてしまうのも、分からないじゃないわよ」

赤いフレームの眼鏡にノースリーブのニット、そしてタイトスカートという出《い》で立ちが、いよいよ大人の濃厚《のうこう》な妖《あや》しさを醸《かも》し出す美人女性——紅葉知弦《あかばちづる》の、二人で。

だけど二人もまた、あの頃とまるで変わらない、優しく温かな笑みを浮かべている。

俺はそんな光景に不覚にも瞳《ひとみ》が潤《うる》んでしまうも、頼《たよ》れるハーレム王としての威厳《いげん》を保つため、咳払《せきばら》いをして誤魔化《ごまか》した。

「だ、だから、俺は別に泣いてないですって。……ね、ねぇ、会長？」

「うーん？　あー、ちょっと待ってね……」

俺に話を振られた会長は、ホワイトボードに議題を記しながら応じて来る。

「………」

俺はそんな彼女の背中を見て、いよいよ、涙が堪《こら》えきれなくなってきてしまった。

いや、あの頃より長く伸《の》ばされた艶《つや》やかな髪や、女子大生らしいキャミソールとミニスカートに魅《み》せられたのは、勿論《もちろん》なのだけれど。

それ以上に俺を感極《きわ》まらせたもの。それは……。

「(会長が……会長が、背伸《せの》びしないで、ホワイトボードに議題を書いている！)」

これまで必死で押しとどめていた感情が、ここに来ていよいよ決壊《けっかい》する。

まざまざと見せつけられた「子供の成長」に、俺の目の奥からぶわぁっと感動の涙がとめどなく押し寄せ――

「…………ととっ」

――刹那《せつな》、なにやらよろめく会長。それを見ていた知弦さんが、呆《あき》れたように呟《つぶや》く。

「……アカちゃん？　そろそろ脱《ぬ》いだらどうかしら――その、似合わないハイヒール」

「こ、こら知弦！　バラしちゃだめでしょ！　しーっ！　しーっ！」

慌《あわ》てて振り返って知弦さんを睨み付け、必死で口止めをする会長こと——桜野《さくらの》くりむ。

『…………』

俺と椎名姉妹は、その光景に思わず顔を見合わせると。

『——ぷっ』

一斉《いっせい》に吹《ふ》き出すと同時に、ようやく、完全に「あの頃」の空気を取り戻《もど》す俺達。

——会長達に続き、俺が碧陽《へきよう》学園を卒業してから、実に五ヶ月。

俺達は今日遂《つい》に——この五人で、碧陽学園生徒会室へと戻ってきたのだった。

*

「いやしかし、つくしちゃんにはホント感謝だねっ、杉崎《すぎさき》！」

会長が着席しながら、この企画《きかく》の功労者たる後輩への——現生徒会長・西園寺《さいおんじ》つくしへの感謝を告げてくる。

俺はそれに深く頷《うなず》いて返した。

「はい、それは本当に。ＯＢとはいえ今や完全に部外者たる俺達にこうして一日生徒会室を貸し切ってくれるなんて、生徒会長の権限でも中々難しいことッスからね」

　言いながら、窓の外から聞こえてくる生徒達の声に耳を澄《す》ます。

　太陽が燦々《さんさん》と降り注ぐ夏のグラウンドから響《ひび》き渡《わた》る、運動部の活発なかけ声。今は夏休み中なので時刻こそまだ昼過ぎながら、その声は俺達にあの頃を……放課後のひとときを思い出させた。

　皆《みんな》がそれぞれに生徒会室の空気を噛《か》みしめる中、会長が切り出してくる。

「っていうか、折角なんだからつくしちゃん達も顔出したら良かったのに」

「ああ俺も一応そう提案はしてみたんですけどね。でもあいつ『いえいえ、たまには第三十二代の皆様《みなさま》水入らずでお過ごし下さいませ』なんて気を遣《つか》ってくれまして」

「ほへー。相変わらずつくしちゃんは、出来た人だねぇ。……直接会わなければ」

「ええ、この上なく完璧《かんぺき》で如才《じょさい》ない生徒会長ですよ。……直接会わなければ」

　生徒会室に俺達の空笑いが響き渡る。

　……い、いや、一応後輩の名誉《めいよ》のために言っておくけれど、彼女——西園寺つくし当人は、大和撫子《やまとなでしこ》という表現がぴったりのとても良い子なのだ。ただまぁ……そんな人柄《ひとがら》云々《うんぬん》とは全く別のところで「笑いの神様に溺愛《できあい》されている」という、本人にはどうしようもない可哀想《かわいそう》な属性持ちなだけで。おかげで直接会えばほぼ必ず「面白《おもしろ》い」ことになってしまうのだが、それは裏を返せば、地味な事務作業や手続きなど、比較的《ひかく》「ボケの伸びしろが狭《せま》い分野」では当人の本来の高性能ぶりを遺憾《いかん》なく発揮できるということでもあり。

深夏が昔のように椅子《いす》をグラグラとさせながら訊《たず》ねてくる。

「っつーか、鍵よ。結局あの子の『それ』って、お前の在学中になんか解決してやれたわけ？」

「うぐ、痛いところを。……それに関しては、俺の心残りの一つなんだよ」

「つまり、相変わらず面白いわけか、あの子は」

「ああ。……まぁ一応、俺の卒業間際《まぎわ》に『笑いの神様の正体』までは迫《せま》ったんだけど……やれたのはそこまでで、結局完全解決はしてやれなかったんだよなぁ」

「は？　正体？　なんだそれ。もしかして、悪魔《あくま》とかそういう系の話か？」

少年漫画《まんが》好きの深夏が目をキラキラさせて話に食いついてくる。が、俺は苦笑いでそれに返した。

「いや、全然そういうんじゃなくて。むしろ守護《しゅご》霊《れい》とか精霊とか、そういう感じの凄《すさ》まじく縁起《えんぎ》のいい何からしいぜ。……真儀瑠《まぎる》先生に紹介《しょうかい》された、超絶《ちょうぜつ》美人の霊能力者さんがおっしゃるには」

「ふぅん。じゃ、そのままお祓《はら》いとかしなかったのか？」

「しなかったというか、出来なかったというか。いや、その霊能力者さん……『巫女娘《みこむすめ》』とか呼ばれていた方が、顔に汗《あせ》をダクダク掻《か》きながら、西園寺の背後に向かって『ユ、ユウさーん？　あ。貴女《あなた》一体、何をされて……？』と普《ふ》通《つう》に雑談めいたものを始めてさ」

「おいおい、それただのやべぇ人じゃねーだろうな？」

「いや、まぁお金とか全然取られなかったから大丈夫《だいじょうぶ》かと。むしろ最終的になぜか、俺達謝られたし。あと、笑いの神様が別に悪い存在では全然ないとも説明されたよ。むしろ西園寺が本来背負っていたとんでもなく大きな災《わざわ》いを、いい塩梅《あんばい》に分散&ポジティブに変換《へんかん》してくれているだけとか、なんとか……」

「ふぅん。なんかよく分かんねーけど……彼女も大変だな」

「まぁな。ただ本人はもう、それも含《ふく》めて『自分』なのだと、受け入れていたけどな」

　俺にそう語った時の彼女の強い瞳を思い出す。……去年の生徒会で誰《だれ》が一番成長したのかと言えば、間違《まちが》いなく西園寺だったろう。その証拠《しょうこ》に、今年も彼女は圧倒《あっとう》的得票数で会長の座を再び射止めたわけで。

「(……今や、俺や会長よりもよっぽど『碧陽の顔』かもなぁ、あいつは)」

　そんな風に西園寺へと想《おも》いを馳《は》せつつも、俺は深夏へと視線を戻す。

「それより、そっちはどうなんだよ。深夏」

「どうって、何がだ？」

「だから『その後』だよ。そもそも今日の集まりは、皆でそれを報告しあうっていう趣旨《しゅし》だろう？」

言いながら、先程まで会長がサインペンを走らせていたホワイトボードの方を見やる。

そこには、相変わらずつたない会長の筆跡《ひっせき》で、

《今日の議題：皆のきんきょーほーこく》

と記されていた。…………。

「（大学生として、『近況報告《きんきょう》』ぐらいは漢字で書いて欲しかった……）」

まあそれはさておき、とにかく今日は以前の生徒会が終わって約一年と五ヶ月の間に皆が何をしていたか、または最近どうしているのか、という話をするのが主題であり。

俺に話を振《ふ》られ、皆からの注目を集めた深夏は、照れくさそうに頭を掻く。

「えー、あたしからかよ。なんだかなぁ……だって実際のところ、大体のことは皆既《すで》に知ってるじゃんか？　定期的に連絡《れんらく》取り合ってんだしさ」

深夏のその言葉に、会長が「そーだけどさ！」と反論する。

「ここで——この生徒会室で、改めて報告し合うことに意味があるんじゃん！」

「……えーと……つまり、お盆《ぼん》のお墓参り、みたいなことか？」

「あ、そうかも！　読者という名の霊が帰ってきている状態だからね、今！」

なんか二人で読者さんを幽霊《ゆうれい》呼ばわりし始めた。なんだろう、この、お客様をお客様と思わない感じ……実に生徒会だな！　なんか懐《なつ》かしいわ俺！　やめてほしいけど！

「まぁ、そういうことなら別にいいけどよ……」

なんにせよ深夏は渋々《しぶしぶ》納得した様子で、改めて彼女の近況報告を切り出してきた。

「あたしと真冬は会長さん達の卒業と同時に転校して、そこで一年高校生活を送り、そうして五ヶ月前にあたしは卒業して大学へ、真冬は三年生に進級した……って感じかな」

その報告を、俺が掘《ほ》り下げる。

「大学の話はまた後で聞くとして。あっちでの高校生活一年間も、深夏なりに色々あったんだろう？　俺が新生徒会でバタバタしたみたいにさ」

俺の質問に、深夏は「あぁ、それは勿論《もちろん》」と笑顔で切り返してきた。

「碧陽学園での日々に思い入れがあるのは勿論だけれど、あっちはあっちで一年、ちゃんと全力で楽しんだぜ、あたしは！」

「へぇ、それは良かったたな。で、具体的にはこの一年、どういうことがあったんだよ？」

「どんなことが？　うーん……そうだなぁ。まぁ、大まかには……」

深夏はそこで腕《うで》を組んで何やら回想すると、数秒後、爽《さわ》やかな笑顔と共に答えてきた。

「ソロモン七十二柱《ななじゅうふたはしら》編と、オリュンポス十二神編に分かれているかな」

「相変わらずの週刊少年誌原作みたいな人生送ってんなお前！」

「おうよ！　どちらも2クールずつの、計一年だったぜ！」

「実人生を『クール』で表現するヤツ初めて見たよ！　上位世界でアニメ化でもされてんのかっ、お前の人生は！」

「ちなみに大学生になった今は《第三次世界大戦編》で絶賛奮闘《ふんとう》中だぜ、あたし！」

「いや日常は!?　なんで碧陽去ってから本編みたいなの始めちゃってんだよお前！」

「安心しろよ鍵。へへ、あたし……皆と会う今日ばかりは、どんな緊急《きんきゅう》招集にだって応じない腹づもりだからよ！」

「いやそこは応じてくれる!?　終わるから！　下手《へた》したら碧陽学園生徒会どころじゃない何かが、終わっちゃうから！」

「あ、それで、まずソロモン七十二柱編の具体的な話なんだけどな――」

「ごめんその話はいいわ！　それ語り出すと、多分この短編終わっちゃうから！」

「そうか？　じゃ、まぁ詳《くわ》しくはウィキでも見てくれよ」

「ウィキとか出来てんの⁉」

　俺のツッコミに、「にしし」と笑う深夏。あ、相変わらず住んでいる世界がよく分からない元クラスメイトだ。会長や知弦さんも苦笑いしか出来てないし。

　俺はこほんと咳払《せきばら》いすると、改めて深夏に「こちら側」の話を促《うなが》した。

「と、とりあえず、戦闘《せんとう》方面はさておいて貰《もら》って。学生生活はどうだったんだよ？」

「あー、学生生活ね。それはそれでちゃんと楽しんだぜ。転校先の《現守高校《あらかみ》》では、前も言ったようにあたしと真冬を代表とした派閥《はばつ》騒《さわ》ぎみたいな多少のトラブルこそあったもののの、それはそれとして、普通に部活に入ってみたりとかもしたんだぜ」

　深夏の言葉に、会長が「へぇ！」と食いつく。

「深夏が特定の運動部に入るなんて珍《めずら》しいね！　ねぇねぇ、何に入ったの？」

「何って……そりゃあたしが現守高校で一番気になった部活たる……」

「うんうん！」

「《帰宅部》ってのに……」

『それは部活じゃない！』

真冬ちゃん以外の三人で声を揃《そろ》えて否定する。が、深夏は焦《あせ》ったように手を振ってフォローしてきた。

「いや、違う、ちゃんと部活としてあんだよ！　前にもちょっとぐらい話さなかったっけ？　現守高校には《帰宅部》ってのが伝統的に成立してただな……」

その言葉に、知弦さんがやれやれと首を振る。

「貴女はどうしてそう、自ら妙《みょう》なものに首を突《つ》っ込むのかしら……」

「妙なものって。そうは言うけど知弦さん、実はこの帰宅部……なんとあの真儀瑠《まぎる》先生が創始者らしいんだぜ！」

「これ以上ない程に関わってはいけない部活感満載《まんさい》じゃないの！」

こくこくと頷く俺と会長。と、真冬ちゃんが何か補足するように呟《つぶや》いてきた。

「そうでした。皆さんに報告したか忘れましたが、真冬達の転校した現守高校って、真儀瑠先生の出身校だったのですよ。世界は狭いです」

その説明に、俺は「なるほど」と頷く。

「そりゃイロモノ部活があってもおかしくないか……」

「イロモノ部活とはなんだ、鍵。帰宅部はな……初代部員に霊能力者と死にたがりと幽霊なんかがマジで在籍《ざいせき》したという逸話《いつわ》まで残っている、由緒《ゆいしょ》ある部活だぞ！」

「これ以上無い程にイロモノ部活じゃねぇか！」

俺は大きく嘆息《たんそく》した後、改めて深夏に話を促す。

「深夏。部活と戦闘以外の、もっと日常的な報告はないのかよ？」

「ええ？　おいおい鍵、そんなしょーもない小話でアンケートが取れるのかよ？」

「だからこれ週刊少年誌じゃないから。アンケートとか意識しなくていいから」

「そうか？　とはいえ日常的な報告なぁ……うーん……うーん……」

深夏が真剣《しんけん》に思い悩《なや》む中、それを見ていた真冬ちゃんが、またも横から……今度はなんだか悪戯《いたずら》っぽい笑顔で、切り出してきた。


「ふふっ。お姉ちゃん、どうしてお料理を練習していることは、言わないんですか？」


「っ！」

真冬ちゃんの言葉に、突如《とつじょ》カーッと顔を赤くする深夏。彼女は俺の方をチラリと見た後、すぐに真冬ちゃんへと抗議した。

「ば、バカッ、真冬っ！　お前、そんなこと鍵の前で……！」

「ええ？　どうしてお姉ちゃんがお料理の練習していることを、先輩《せんぱい》の前で言ってはいけないのかな？　あ。もしかしてそれ、なにか先輩に関係のある動機なのですか？」

「ぐ……お、お前なぁ……！」

「ふふふ」

そう笑いながら、手元に置いてあった本を開いて口元を隠《かく》す真冬ちゃん。……彼女もなんだかすっかり大人っぽい表情をするようになったなぁ……。…………。

「（ま、その口元を隠している本が、前以上にドギツイＢＬ小説なのはさておき）」

なにやら違う意味でも大人への階段を歩んでしまっているらしい。エロゲ趣味《しゅみ》の俺が言うのもなんだけれど……真冬ちゃん、キミはどこへ行こうとしているんだ……。

おっと、そんなことより、今追及《ついきゅう》すべきは深夏だ。

俺はニヤニヤと笑いながら、照れる深夏をゲスく弄《いじ》る。

「ぐふふ、深夏さんや。お料理の練習って……もしかして、俺のための花嫁《はなよめ》修業――」

「――せぇ！」

「ぐはっ!?」

次の瞬間《しゅんかん》、突然《とつぜん》俺のどてっ腹に風穴《かざあな》が開いた。見れば、深夏の拳《こぶし》が完全に俺の腹と、椅《い》子《す》の背もたれを貫通《かんつう》していらっしゃる。…………え？

「……………そ、んな。……俺……こんな……ところで……」

つっっ

俺は唇《くちびる》の端《はし》から血を垂らすと、そのまま前のめりに倒《たお》れるようにデッドエンドを――

「あ、わりぃ」

――迎《むか》えようとしたその瞬間に、深夏の謎《なぞ》パワーによって蘇生《そせい》、完全修復されていた。

言葉を失う生徒会の面々に、深夏は照れたように頭を掻《か》きながら続けてくる。

「そうそう、この一年であたしの暴力、三秒以内なら取り消せるようになったんだよ」

『なんてギャグ向きの能力！』

男子三日会わざれば刮目《かつもく》して見よ、と言うが、約一年半ぶりに再会した女子はもはや別次元の存在として見るべきらしい。

俺は深夏の新しいギャグ暴力の方向性にガクガクと震《ふる》え出す。これまでは『痛いけど傷つかない』だったのが、今度は『死ぬ程痛いけどなかったことにされる』だぞ。……もはやジョジ○の奇妙《きみよう》な冒険《ぼうけん》でラスボスが喰《く》らう罰《ばつ》レベルの能力じゃねぇか。

深夏はそんな俺の肩《かた》をぽんと叩《たた》いて、優しい笑顔を向けてくる。

「な、鍵。……もうあたしの料理の話は……いいよな？…………な？」

「そ、そうですね……」

もう俺は頷《うなず》くしかなかった。ああ……久しく忘れてたな、この恐怖《きようふ》。なんか俺、旧生徒会を凄《すさ》まじく「いい思い出」に美化しすぎていたかもしんない。今ハッキリ思い出したよ。

あの頃《ころ》から、概《おおむ》ねこんな扱《あつか》いだったよな、俺って……！

俺が脂汗《あぶらあせ》をかいていると、深夏が自分の話を切り上げるため、妹へと話を振《ふ》った。

「あ、あたしだけじゃなく、真冬も高校生活の話しろよ、皆《みんな》に」

「ええ？　でも真冬はお姉ちゃんと違って《○○編》みたいなのないですし……」

「いや普通《ふつう》ないからね、そういうの……」

真冬ちゃんの言葉に、会長が呆《あき》れながらツッコむ。

そんな中、知弦さんが苦笑いしながら改めて真冬ちゃんに話を振り直した。

「深夏みたいなのじゃなくていいから、真冬ちゃんの話、聞かせてくれるかしら？」

「そうですか？　まぁ、紅葉先輩がそう言うなら、語らないでもないですけど……」

真冬ちゃんはそう応じてBL小説をパタンと閉じると、少し気恥《きは》ずかしそうに咳払いして、語り出した。

「えーと、まず真冬はあちらでもゲーム部に入りましたですよ。三年生になった今年に至っては、なんと真冬、部長さんなのです。えへん」

「あら、それは意外ね。真冬ちゃんって、アカちゃんと違ってあまり人の上には立ちたがらない性格かと思っていたけれど……」

「そうなのです。真冬、本当にやりたくなかったのですが……うっかり優勝してしまい」

「優勝？　一体なんの話かしら？」

「えっと、去年行われた《ゲーム部員対抗・部長決め大会》の話なのです。ちなみにその競技内容は、順当にゲームの腕前《うでまえ》対決——ではなく」

「ではなく？」

知弦さんが首を傾《かし》げる中、真冬ちゃんは少しもじもじしつつ、答えてきた。

「自分の最も愛するものを、一番情熱的に語った人が勝つディベート大会でして……」

『そりゃ優勝もするだろうね』

役員全員がうむうむと頷く。更《さら》に照れくさそうに俯《うつむ》く真冬ちゃん。

そんな彼女を見て、会長が笑顔で声をかける。

「真冬ちゃんのゲーム好きは昔から筋金入りだもんね！　納得だよ！」

「え？」

会長の至極《しごく》順当な感想に、しかしなぜか真冬ちゃんが不思議そうに返す。

会長もまた「ん？」と不思議そうにする中……次の瞬間、真冬ちゃんは何かを察した様子で慌《あわ》てたようにフォローしてきた。

「あ、は、はいです！　そうですね！　真冬、ゲームのこと語りましたです、はい！」

「え……うん、そう、だよね？　だって一番愛するものを語ったんだもんね？」

「は、はいです！　勿論《もちろん》ですとも！　ええ、ええ！」

そう言いながらもなぜか顔を真っ赤にし、時折ちらちらと俺の方を窺《うかが》ってくる真冬ちゃん。………。やべぇ、なんか、俺、ほっぺたが熱い。そして、深夏と知弦さんの「何か察した」感のある視線がとても痛い。……うぅ！

真冬ちゃんがこほんと咳払《せきばら》いして、何も察した様子のない会長へと話を再開させる。

「と、とにかく、真冬の高校生活は概ねゲーム部活動が中心ですね」

「そういえば真冬ちゃんも深夏も、あっちでは生徒会入らなかったんだっけ？」

「はいです。どうも現守高校の生徒会は『ちゃんとした生徒会』っぽかったので……」

「うん、まるで『ちゃんとしてない生徒会』を知っているみたいな言いぐさだね！」

「子供みたいに遊べない生徒会に、真冬とお姉ちゃんは、あまり興味がないのです」

「うん、まるで『子供みたいに遊べる生徒会』を知っているみたいな言いぐさだね！」

「だったら、放課後はゲーム部で遊んだり、世界救って遊ぶ方が有意義ですから」

「姉の放課後の有意義さが異常だよ！」

そこまでツッコんだところで、流石《さすが》にツッコミ疲《づか》れを見せ始める会長。

仕方ないので、ここからは代わりに俺が真冬ちゃんの相手を引き受けることにした。

「ところでゲーム部って、具体的になにしてんの？　なんか大会出たりとかかい？」

「ああ、そういう感じのゲーム部も多いですね。この近くだと、音吹《おとぶき》高校とかそのタイプのゲーム部でしたかと」

「そうなんだ。でもそれ以外のゲーム部のカタチとなると、俺なんかはただゲームで遊んでいるだけの駄目《だめ》部活イメージしかないけれど……」

「あ、それで九割正解です！」

「正解したことが全然嬉《うれ》しくない！　そ、それ、よく部活として認可されてるね？」

「えへへぇ」

照れくさそうに頬《ほお》を掻く真冬ちゃん。皆が呆れたように見つめる中、彼女は続ける。

「真冬達は確かに、大会目指すでもなく、ただ和気《わき》藹々《あいあい》と緩《ゆる》やかに遊んでいるのですよ。……真冬みたいに引きこもりをこじらせた、不登校気味の生徒さんとかも誘《さそ》って」

「！　そっか……」

「はいです。だから『ただ遊ぶだけの場所』と言われたら、まったくその通りですね。真冬も部員さん達も、ずっと楽しいだけなんで。その、お恥ずかしい限りです」

「……いや」

なんとなく、現守高校において真冬ちゃん率いる今のゲーム部が担《にな》っている重要な役割の一端《いったん》が、俺達にも理解出来た気がした。……相変わらず、ぽやぽやしているようで、実は凄《すご》く愛に満ちあふれた子というか……。

真冬ちゃんが恥ずかしそうにしているので、俺はゲーム部の話を切り上げ、他のことも聞いてみることにする。

「ゲーム部以外では、何か印象的なこととかあった？」

「部活以外に印象的なこと……。……なんでしょう、あぁ、先輩と中目黒《なかめぐろ》先輩の同人誌を夏コミで——っと、それは別にいいですね」

「いやなにもよくないけど⁉　え、ちょ、それ詳《くわ》しく——」

「ああ、あとは日守《ひのもり》さんと共同制作で、エロゲブランドを男性擬人《ぎじん》化させたキャラの皆さんに、先輩が激しく迫《せま》られるゲームを冬コミで——と、これも別にいいですね」

「だから、なにもよくないんだけど⁉　なぁ、ちゃんと詳しく話してくれる⁉」

「いやいや、とても人前で話せる内容じゃないのですよ！」

「とても人前で話せないような内容のモノに、俺って出演させられてるんだ！」

「あ、ちなみにそれらは各地の『とら○あな』さんで買えますです」

「全国流通までさせられてるし！」

「あと真冬が何していたかというと……ううん。…………お、お勉強？」

「そこは疑問形かよ！　今年受験生だろ、キミ！」

「む。こ、こう見えて現守高校ではそこそこ成績優秀《ゆうしゅう》なのですよ、真冬！」

「え、そうなんだ。なんか意外。ご、ごめんね、なんか無粋《ぶすい》なツッコミして」

「ふふーん。だって今の真冬にはちゃんと目的意識がありますですからね！」

「そうなの？」

「はいです！」

「どこか行きたい大学あるとか？」

「え？　あ、いえ、それは、その……」

と、そこで突然モジモジし始める真冬ちゃん。彼女は少し躊躇《ためら》ったのち、ボソボソと小さく切り出してきた。

「……せ、先輩《せんぱい》の今通っている大学って、実際かなり偏差値《へんさち》高いじゃないですか……」

「？　ああ、まぁね。……えと、けれど、それが、どうかした？」

俺が本気で首を傾《かし》げていると、なぜか、元生徒会役員中から「マジかこいつ」みたいな視線を向けられた。…………ああ、このアウェー感も実に懐《なつ》かしいな。出来れば思い出したくなかったけれど。

そこでなぜか真冬ちゃんは大きくため息をつくと、今度は俺に話を振り返してきた。

「ところで、先輩の方はどうだったのですか、この一年ちょっと」

「どうだったって……。……そうだなぁ。高校三年生の一年間は、真冬ちゃん達もご存じの通り、新生徒会メンバー相手に悪戦苦闘《あくせんくとう》していたよ」

「ああ、そうでしたね。……あ、というか、少し脇道《わきみち》それちゃいますけれど、その新生徒会の皆さん――第三十三代生徒会の皆さんって、今どうされているのでしょうか？　真冬、イマイチ知らなくて。日守さんとも最近あまり連絡《れんらく》とれてなかったですし」

「ああ、そうなんだ。っていうか、もしかして他の皆も、俺の卒業後の『新生徒会』のこと、知りたかったりします？」

俺の質問に、元生徒会役員が全員頷く。俺はそれを受け、「わかりました」と応じた。

「じゃ、ちょっと第三十三代碧陽学園生徒会役員の話でもしますか。……とはいえ、何から話したものか……去年のこと全部語ってたらそれこそ本何冊分にもなりますし……」

俺が迷っていると、真冬ちゃんが「あ、簡単な現状でいいですよ」と切り出してくる。

「たとえば先程……西園寺さんが今年も生徒会長を務められているというのを聞きましたが、他の皆さんも、今年また生徒会入りされてたりするのでしょうか？」

真冬ちゃんからの質問に、俺は新生徒会の面々を回想しながら返し始める。

「ああ、それね。えっと、とりあえず水無瀬《みなせ》に関しては、俺と一緒《いっしょ》に卒業したよ」

「あ、そうでしたね。彼女はお姉ちゃんや先輩と同じ、三年生さんでしたもんね」

真冬ちゃんが納得したように頷きつつ、更に質問を重ねてくる。

「あ、ではその水無瀬先輩は卒業後の進路って、どうされたのでしょう？」

「ああ、普通にいい大学への進学だよ」

「ああ、そうでしたか。確かに彼女、先輩と優良枠《わく》を争うぐらい優秀でしたしね」

「うん。だから今も——毎日俺と一緒に、都市部の大学に通ってるよ」

「ああ、そうですか。先輩とご一緒に。なるほど、それはそれは…………はぁぁぁあ!?」

次の瞬間《しゅんかん》、真冬ちゃんのみならず……元生徒会役員の全員が、机に前のめりになって俺を睨《にら》み付けてきた。

俺は思わず目をぱちくりさせ「あ、あれ？」と首を傾げる。

「俺、皆《みんな》に、言ってませんでしたっけ？　水無瀬と俺……同じ大学通ってるの」

『聞いてませんねぇ！』

「そ、そうでしたっけ？」

額に汗《あせ》を滲《にじ》ませ、視線を逸《そ》らしてぴゅーと下手《へた》な口笛を吹《ふ》く俺。……あぁ、この密室で四方から弾劾《だんがい》される感じも、懐かしいなぁ。……できれば思い出したくなかったけれど。

四人を代表するように、知弦さんが更に追及《ついきゅう》してくる。

「キー君？　確か貴方《あなた》は、私やアカちゃんと違《ちが》って、都市部の……かなり偏差値の高い大学に進学したのだったわよね？」

「は、はい。俺はハーレム形成のために将来とにかく稼《かせ》ぎたかったんで、ここは、知弦さんや会長との楽しいキャンパスライフを諦《あきら》めてでも、少しでもいい大学に入ろうと……」

「ええ、それは本当に素晴《すば》らしい心がけね。私もアカちゃんも、その貴方の覚悟《かくご》の深さには大変感心させられていたものよ。――今日までは」

まさかの過去形だった。ガタガタ震《ふる》え出す俺に、知弦さんは――いやに懐かしい「圧力を伴《ともな》った笑顔」で俺を更に問い詰《つ》めてくる。

「私もアカちゃんも、それに椎名姉妹も。貴方がここ数ヶ月、たった一人で、死にものぐるいになって、バイトと学業に勤《いそ》しんでいるのだと、そう考え……そして、それぞれに切ない想《おも》いを募《つの》らせていたのよ。――今日までは」

「い、いや、その想像は全然間違ってないですって！　俺は確かにここ数ヶ月、死にものぐるいでバイトと学業に明け暮れ、そして――」

「――時折、水無瀬さんと二人きりでイチャイチャとご飯を食べたりしたのかしら？」

「うぐ!?」

思わず呻《うめ》いて胸を押さえる俺！　皆《みな》がジトーッと見つめて来る中、俺は慌てて言い訳を試みる！

「そ、そりゃあ、同じ学校に通っている元生徒会役員同士、たまにはメシの一つも食うでしょうよ！」

「ええ、そうね。そして……同じ大学に通う元生徒会役員たるもの、そのまま部屋を行き来した上、当然のように毎日同衾《どうきん》したりもするんでしょうね！」

「いやしてませんよ！　どんな乱れた基準ですかそれ！」

「だって私とアカちゃんはしてるもの！」

「俺なんかより貴女《あなた》の方がよっぽど懺悔《ざんげ》すべき問題抱《かか》えてませんか⁉」

なんかこの人、大学進学してから百合《ゆり》感性加速してない⁉

俺と椎名姉妹が若干《じゃっかん》引く中、会長がこほんと咳払いして、無理矢理話を元に戻《もど》してくる。

「わ、私と知弦のことはさておきっ！　杉崎、どうして水無瀬さんと一緒の大学行っていること、私達に今まで言わなかったのさ？」

「いや、言わなかったというか、言う機会がなかったというか……。というかぶっちゃけ俺自身、大学に入学してキャンパス内でバッタリ彼女に会うまで、水無瀬が俺と同じ大学に進学してたことを知らなかったってのもあって」

「？　ほへ？　そんなことあるの？」

「ええ。水無瀬らしいというかなんというか……そういうとこ全然変わらないから……」

俺の嘆息《たんそく》する様子を見て、知弦さんがほっと胸をなで下ろす。

「そ、そう。なるほど……では少なくとも、二人で仲良く進学先を揃《そろ》えたわけでは、なかったようね……」

「そりゃそうですよ。っていうか、マジで酷《ひど》いと思いません？　だって俺の方の進学先に関しては、事前にちゃんとあいつに伝えてあったんですよ？」

『………ん？』

皆の表情が不穏《ふおん》に歪《ゆが》む。が、俺は怒《いか》りで拳《こぶし》を握《にぎ》り込みながら続けた。

「なのに水無瀬のヤツときたら、俺に黙《だま》ってこっそり俺と同じ大学を受験していた上に、それを報告もしてこないだなんて！　なんて薄情《はくじょう》なヤツなんでしょうね！　どういうつもりなんだか！　憧《あこが》れの人にこっそり恋《こい》する乙女《おとめ》でもあるまいし！」

『…………』

「っつーか、あいつの学力なら他にいくらでも進学先の選択肢《せんたくし》あったはずなんスよ！　なのになんでよりにもよって俺と同じ大学なのか！　俺が大学で主席卒業狙《ねら》ってんの、知ってるくせに！」

『………』

「で、大学で再会時に俺が『ここに来た理由』を訊《たず》ねたら、あいつ、なんて答えたと思います⁉　なんか妙《みょう》に艶《なま》めかしい笑顔で『常に貴方の傍《そば》で優位を保っているのが、私は一番幸せなのだと気付いたので』なんて言いやがるんですよ！　きぃ！　これってつまり、事実上、一生俺にとっての目の上のたんこぶになってやる宣言スよね⁉　悔《くや》しいから、俺、何がなんでも大学ではあいつに勝って主席卒業してやろうと思っているんです！」

そんな俺の、怒り交じりの長い主張に。

四人はマジマジと互《たが》いに顔を見合わせると、なにやらごくりと唾《つば》を飲み込み。

そうして次の瞬間――声を合わせて叫《さけ》んできた！

『――それ完全にベタ惚《ぼ》れされとるやつやんけ！』

「なぜに関西弁⁉」

誰《だれ》ひとりそんなキャラじゃないくせに、なぜかツッコミが関西弁で完全に揃っていた。

……相変わらず生徒会クオリティすぎる。

しかしそれにしても……今この四人、なんて言ったの？　完全にメタボリ？　いや水無瀬は別に太ってはいなかったと思うけれど……。

俺がぽかんと呆《ほう》ける中、四人はもにょもにょと小声で会議を継続《けいぞく》する。

「……鍵本人だけ全然ピンと来てないのが不幸中の幸いだな……馬鹿《ばか》だな……」

「だね、お姉ちゃん。それに水無瀬先輩も、表面的には凄《すご》くツンとした方ですから……」

「じゃあ、いくら杉崎と一緒の大学でも、二人の距離《きょり》は全然縮まらなさそうだね」

「そうねアカちゃん。よく考えたら、キー君とあの子だもの。密室に二人きりにしても、ラブコメイベントよりは、殺し合いに発展する可能性の方が高いでしょう」

「…………」

……うん、例によって彼女達の密談は、俺からは何を言っているのかさっぱり聞き取れないな。きっと小説版では知弦さんが描写《びょうしゃ》を足してるんだろうけれどさ。

なんにせよ水無瀬の件はなぜか皆の中で一段落したらしく、会長がこほんと咳払《せきばら》いをして話を仕切り直してきた。

「ついでに聞いちゃうけど、他の新生徒会メンバー……日守東子《とうこ》さんと、火神北斗《かがみほくと》さんはどうしてるの？　学年的には二人ともまだ碧陽学園の生徒のはずだから……当然、今年も生徒会入りしているんだよね？」

「あー……それなんですけどね」

俺は頰《ほお》をぽりっと掻《か》いて、気まずさで視線を逸らしながら答えた。

「……あの二人は今年生徒会入り出来ませんでした。完全に『人柄《ひとがら》』の問題で」

『……あー……』

妙に納得する四人。俺は深く嘆息しながら説明を続ける。

「日守の方に関しては、相変わらずビジュアル面では圧倒《あっとう》的人気を誇《ほこ》っていた上に、去年の秋ぐらいからはそのオタク的『本性《ほんしょう》』の方もちゃんと周囲に曝《さら》け出すようになって、それはそれで碧陽学園の生徒達に受け入れられていたんですけどね……」

「？　それで、なんで今年は落ちちゃったの？」

会長が無垢《むく》な瞳《ひとみ》で訊ねてくる。俺は……いたたまれない気持ちに苛《さいな》まれながらも、その真相を、話した。

「大事なアピール演説の日を、『アタシ、ちょっくら2．5次元ミュージカル見に行ってくるんで』というツイートだけ残すカタチで、すっぽかしやがったらしく……」

『同情の余地がなさすぎる！』

「しかもそんなことしながらも、その後も投票日までツイッターで『アタシ今年の選挙はつくしに勝っちゃうかもねー』なんて調子こいた発言したり、インスタグラムでは偽装《ぎそう》キラキラ女子であることとモロバレの痛々しい嘘《うそ》リア充《じゅう》画像を連投し続けたものだから、その支持率はみるみる下がり、結果――」

『もう聞きたくない！』

気付けば皆《みんな》がすっかり耳を塞《ふさ》いでいた。……うん、知り合いの痛々しい転落劇がこんなにキツいものだとは、俺も、日守と知り合って初めて知ったよ。新生徒会の中で一番成長したのが西園寺だとしたら、一番退化したのは間違いなく日守東子だ。

「（まぁ、その『退化』も、決して悪いものじゃないんだけれどな）」

以前は孤高《ここう》の存在だった彼女が、今ではそのしょーもない精神性がバレた結果、逆に沢《たく》山《さん》の仲間に笑顔で囲まれているわけだからな。ある意味においては、俺も尊敬しているぐらいだ。……ま、もしそれを本人に言おうものなら、大層ウザいテンションで調子こいてくること間違いなしなので、絶対言わないけれど。

………………さて。

「で、最後に火神ですけど……」

俺がおもむろにそう切り出すと、深夏が即座《そくざ》に「ああ、あの断トツでヤベーヤツな」と切り返してきた。……数回会っただけの人間にまでそんなキャラ認識されてるんだな、火神って。

俺は声のトーンとボリュームを落とすと、ぼそぼそと、端的《たんてき》に……語った。

「彼女はその…………刺《さ》しちゃったんで……」

『何を⁉』

生徒会一同が目を剝《む》く。俺は力なく「ははっ……」と笑うと……そのままフッと視線を逸《そ》らして呟《つぶや》いた。

「いいじゃないですか……詳《くわ》しいことは」

『いや全然良くないですけど⁉』

「ああ、でも安心して下さい。彼女は法の目をかいくぐるカタチで、今も元気に、碧陽学園に通ってますので！」

『一体何を安心しろと⁉』

途端《とたん》に周囲を窺《うかが》い、ガタガタと震え出す女性陣《じん》。……うん、まあ、そうだよね。火神北斗に関しては、俺よりもむしろ、女性陣の方が身の危険を覚えるよね。

俺は頰をぽりぽりと搔きつつ、彼女……火神北斗へと思いを馳《は》せる。

「(いや、実際には調理実習で肉に包丁を突《つ》き立てただけなんだけど)」

だから別に事件性はない。ないのだけれど……ただ、その理由というのが……。

「(俺と飛鳥が火神に黙って二人で会ったのを、知られてしまったからだったり……)」

……よりにもよって、生徒会選挙間近のある日に、である。

火神はそのストレスを発散すべく、調理実習中にぶっすぶっすと笑顔で肉を刺し始め
(ただ出来上がった料理は大層美味《うま》かったらしい)。

それを目撃《もくげき》したクラスメイト達は戦慄《せんりつ》。恐怖《きょうふ》で髪《かみ》が真っ白になる人間まで出る始末だったらしく。で、その噂《うわさ》は一気に校内全体へと広まり、結果的に生徒会選挙ではギリギリ選外になってしまった……というわけだ。

そしてこの事情が事情だけに、半ば俺にも責任があるわけで、生徒会の皆にはあまり詳しくは話したくなく。

俺はぎこちなく笑いながらも、それとなく火神をフォローする方向に話を持って行く。

「い、いや、でもアイツも、なんだかんだで、それなりに成長したんですよ？」

「暗殺スキルがかしら？」

知弦さんのツッコミに、俺は「いやいやいや！」と首を横に振《ふ》る。

「確かにそれも成長しましたけれど！」

「したのね……」

「けれどそれと同時に『ヒト、コロス、ヨクナイ』という感性も育《はぐく》まれまして」

「キー君、今これ、女子高生の話しているのよね？　怪物《かいぶつ》の話じゃないわよね？」

「も、勿論《もちろん》です。とにかく、今の火神はそれほど人を殺しませんので」

「以前は結構殺したみたいな言い草だけれど⁉」

「いや以前も殺していませんから！………………。……殺しては、いませんから！」

「なんで微妙《びみょう》なニュアンスに言い直したの⁉　キー君⁉」

「と、とにかく！　今の火神は……表面的には相変わらずヤバいんですが、アレはアレで、ちゃんと俺以外のことも……具体的には新生徒会メンバーとか、碧陽学園のことも、大切に思ってくれるようにはなったんですよ」

「へぇ……あの子がねぇ？」

知弦さんが信じられないように呟く。が、実際それは本当のことだ。火神は……まあ俺に近付く女性を排除《はいじょ》しようとするのは今も変わらないのだけれど、同時に、生徒会活動を通して、少しずつだけれど「大事なものの周囲も、また大事」と考えるようにはなってくれたというか。

俺はその証拠《しょうこ》たるエピソードを一例だけ語る。

「実際、去年の年末……俺が席を外している間に西園寺が過労で倒《たお》れた際なんて、誰よりもまず火神が一番に西園寺へと駆《か》け寄り、介抱《かいほう》し、最後には汗《あせ》だくで西園寺を抱《かか》えて保健室にまで走ってくれたらしいですからね」

『おぉ』

感心したように目を見開く元生徒会役員達。…………まぁ。

「（目が覚めた西園寺に注射器突きつけて、今後は俺と火神の仲を積極的に取り持つよう脅迫《きょうはく》した——というエピローグについては、語らなくていいだろう、うん）」

折角のいい話が台無しだからな、うん。……ちなみに、言いたかないけど、新生徒会における一年の活動には全般《ぜんぱん》的にこの手の「エピローグで全部台無し」系エピソードが多い。メンバーの性格が性格だから……。い、いや、まぁ、うん、最終的にはちゃんといい生徒会だったんだけどさ。不覚にも俺が卒業式で号泣《ごうきゅう》してしまうぐらいには。

「ん？　ってぇことはよ……」

新生徒会メンバーのその後を語り終えた俺に、隣《となり》から深夏が疑問を呈《てい》してくる。

「今の碧陽学園生徒会に、あたし達の知り合いって、西園寺ぐらいしかいねぇのか」

「ん？　ああ、そういうことになるな」

「かぁっ、時のうつろいってのは、切ないねぇ」

「なんだそのオッサンじみた感想」

俺が苦笑していると、知弦さんが「ちなみに」と質問してきた。

「西園寺さん以外の今年のメンバーについては、キー君は全然知らないの？」

「ああ、それはホント全然ッスね。西園寺のヤツには積極的に『美少女を俺に紹介《しょうかい》しろ』と要請《ようせい》してんのに、なぜかスルーされるんで」

「それはそうでしょうね……」

「なんか風の噂で、西園寺に勝《まさ》るとも劣《おと》らない名家の美少女お嬢《じょう》様が入学したって話とか聞いたんスけどね。くぅ、悶々《もんもん》とする……！」

呻《うめ》く俺を、深夏が呆《あき》れた様子で見つめてくる。

「おいおい、お前、一体何代後の生徒会まで毒牙《どくが》にかけるつもりなんだよ……」

「ん？　そりゃ碧陽学園生徒会が美少女を輩出《はいしゅつ》する限りは、永遠にだよ。そして碧陽が俺への美少女提供を拒《こば》んだ時……それが碧陽学園の最期《さいご》なのさ！」

「邪神《じゃしん》か！　なんだそのＲＰＧ序盤《じょばん》に訪れる村みたいな悪《あ》しき風習の学園！」

「ああ、そしていつか俺と同じかそれ以上に性欲《せいよく》まみれの美少女とか輩出《はいしゅつ》しないかなぁ」

「するか！　つーかそもそも欲望《よくぼう》にまみれているかどうかなんて、どう判別すんだよ？」

「ああ、その辺は俺なりに考えてあるから大丈夫《だいじょうぶ》。実は碧陽を去る際に、こっそり俺の秘蔵のエロゲを生徒会室に仕込んであってな」

「お前は生徒会室をなんだと思っているんだ！　今すぐ破棄《はき》しろよそれ！」

「まぁ聞けって深夏。この話にはお前好みの続きがあるんだ。なんと……俺ことエロゲ王は生徒会室に秘蔵のエロゲを隠《かく》したことを、ネット上で明かしているんだ！　つまり壮絶《そうぜつ》な争奪《そうだつ》戦が予想される上に、その優勝者は俺の後継者《こうけいしゃ》として絶対相応《ふさわ》しいわけで！」

「なるほど、それは熱い設定だな！　ならば許す！」

『いやいやいやいや』

深夏以外の全員からツッコミが入ったが、俺は無視して続けた。

「ただ一つだけ不安があるとすれば、今の隠し場所が割と安直なことなんだよな……」

そう言いながら俺は立ち上がると、部屋の隅《すみ》の戸棚《とだな》の中から「第三十二代碧陽学園生徒会議事録」と書かれたバインダーを取り出し……その中から、秘蔵のエロゲディスクをおもむろに取り出した。――と、

『待て待て待て待て』

瞬間《しゅんかん》に元生徒会役員全員からなにやら不満げな声があがる。四人を代表して、まず会長が叫《さけ》んできた。

「なんでよりにもよって私達の代の議事録内に挟《はさ》んじゃってるのさ、そんなもの！」

「そんなものとは失礼ですね。エロゲマニア垂涎《すいぜん》の逸品《いっぴん》ですよこれは」

「『エロゲマニア垂涎の逸品』が私達の思い出に挟まるのがいやすぎるんだよ！」

「やれやれ、じゃあ会長はどこに隠せと？」

「なんで私がワガママ言ってるみたいになってんの!?　そもそも、この思い出の生徒会室にそんなもの隠さないでよ！」

「え、隠さないで……むしろ堂々と机の上に置いておけと!?」

「そういうことじゃないから！　西園寺さんがド肝《ぎもぬ》抜かれちゃうでしょ！」

「……ごくり。そ、それはそれでちょっと見たいような……」

「変態さんだぁぁぁぁぁあああああああああああああああ！」

お子様元生徒会長が涙目《なみだめ》でドン引いてしまっていた。皆から軽蔑《けいべつ》の視線が集まる中、俺はこほんと咳払《せきばら》いして改めて仕切り直す。

「まあとにかく、議事録内に隠すのは定番すぎてすぐ見つかるんじゃないかと危惧《きぐ》しているわけですよ、俺は」

「？　すぐ見つかってはなぜ駄目《だめ》なのかしら？」

知弦さんが首を傾《かし》げて訊《たず》ねてくる。それに反論したのは、俺ではなく、深夏だった。

「いやそりゃ駄目だろう知弦さん！　海賊《かいぞく》王が実は駅近くのコインロッカーにワン○ース

隠してたら、あんたどう思うよ⁉」

「そ、それは確かに、色々台無しね……」

「だろう⁉　だからエロゲという題材はさておき、宝物を隠すなら、それなりに難易度の高い場所に隠さないと、探すヤツにも失礼ってもんなのさ！」

「ああ、この熱い謎理屈《なぞりくつ》で押し切られる感じ、実に懐《なつ》かしいわね……」

　不思議な納得の仕方で引き下がる知弦さん。会長だけは未《いま》だに嘆《なげ》いていたものの、俺はそれを無視しつつ、エロゲディスクを持って室内をうろつく。

　と、真冬ちゃんが「あの、内容や目的はさておき……」と声をかけてきた。

「この限られた空間内で隠し場所の難易度を上げたいのでしたら、ゲーム的要素を取り入れるのが一番じゃないでしょうか、先輩《せんぱい》」

「ゲーム的要素？」

「はいです。それも『総当たり』で攻略《こうりゃく》出来ない謎が、真冬的には好みですね」

「……なるほど。強引《ごういん》な家捜《やさが》し的アプローチじゃ見つからない方式にしろ、と」

「はい！　それでこそ『宝探しゲーム』です！」

　真冬ちゃんが目をキラキラさせて主張してくる。……言われてみれば、確かにその通りかもしれない。ただ普通《ふつう》に隠すだけでは、強引なやり方は勿論、大掃除《おおそうじ》の際なんかに事故的に見つかってしまう可能性もあるわけで。

しかしたとえば……箱根の寄木細工《よせぎざいく》的な「あっちをああして、こっちをこうしてからじゃないと、ここは絶対開かない」というような隠し場所に出来れば、事故を防げる上にこれを解いた人間の情熱や能力も保証されて一石二鳥だ。

俺は思わず真冬ちゃんの手を取ると、熱い情熱を瞳《ひとみ》に滾《たぎ》らせて彼女を見つめた。

「それだ！　それだよ真冬ちゃん！　このエロゲを隠すには、それしかない！」

「はいです！　ゲーム的なイベントは、すべからく楽しくあるべし、です！」

「だね！　じゃあ是非《ぜひ》協力してくれるかな、真冬ちゃん！」

「了解《りょうかい》です！　そうとなれば一緒《いっしょ》にこの生徒会室を――リアル脱出《だっしゅつ》ゲームもかくやというからくり部屋へと仕立て上げましょう、先輩！」

「おう！」

『こーらこらこら！』

三人に半眼で窘《たしな》められるも、一度火がついたエロゲーマー&ゲーマーは止められない。

俺と真冬ちゃんはその後懸命《けんめい》にあーでもないこーでもないと壮大《そうだい》な仕掛《しか》けとミステリーを制作すると、約三十分後、ようやくエロゲを隠し終えて二人、『ふぅ』と汗を拭《ぬぐ》ったのだった。

溢《あふ》れる達成感の中、俺はようやく自分の席に戻《もど》ると同時に、呟《つぶや》く。

「溢れるエロゲへの情熱と、ゲームへの深い愛情。それらが揃《そろ》った時にこそ……この封印《ふういん》は、解かれるであろう！」

『無理だよ』

会長、知弦さん、深夏の三人から冷たいツッコミが入る。俺は……一瞬引きながらも、少しだけフォローを入れておいた。

「いや、まあ、分担してもいいですからね。俺と真冬ちゃんみたいに……エロゲ大好き魔《ま》人《じん》と、ゲーム大好き馬鹿《ばか》が揃ったら、解けるんで」

『揃うかなぁ……』

「フッ。一人では無理でも、二人なら俺に並べる。二人なら俺を越《こ》せることだろう」

「なんで軽くL気取りなんだよお前。普通に真冬の手借りてたじゃねえかよ……」

深夏が呆れたように俺を見つめてくる。……なんとでも言うがいいさ。俺と真冬ちゃんは、とにかく満足なのだから。……よし、たまに様子見に来よう、謎が解かれてないかどうか。ちゃんとこのタイムカプセル的エロゲが、ここに在《あ》り続けるか、どうか。

俺は椅子《いす》に改めて座り直すと、「さて」と皆《みんな》に声をかけた。

「なんかすっかり近況報告《きんきょうほうこく》から話が逸《そ》れてしまいましたね」

「誰《だれ》のせいよ……まぁ、それも含《ふく》めて生徒会らしいけれど」

知弦さんが額に指をやって嘆《たん》息《そく》する。俺はこほんと咳払いして仕切り直した。

「さて。椎名姉妹や俺と新生徒会の話は終わったので、あとは、会長と知弦さんの近況報告をお伺《うかが》いしたいところなんですが、どうですか？」

「どうですかと言われてもねぇ……」

少し困ったように会長を見る知弦さん。俺と椎名姉妹が不思議そうにしていると、二人を代表して会長が説明してきた。

「三人と違《ちが》って、私や知弦は結構真っ当に大学生活謳《おう》歌《か》してたからね。なんというか、改まって報告するようなこともあまりないんだよねぇ、正直」

「自分から言い出した企《き》画《かく》じゃないですか」

「そうなんだけどねー」

あはは、と困った様子で苦笑する会長。……仕方ない。

「じゃ、俺から質問するんで、それに答えて貰《もら》う形式とかにしましょうか、お二人は」

「お、いいねそれ！　ばっちこいだよ！」

早《さっ》速《そく》前のめりになる会長。知弦さんも「それでいいわ」と応じてくれたので、俺は改めて二人に質問を始めることにした。

「ではまず……お二人は、大学ではどんなサークルに入ったんですか？」

俺の質問に、二人は互《たが》いに顔を見合わせると。

実に普通の――雑談じみたテンションで、声を揃えて切り返してきた。


『国作りサークル』


『どこが真っ当な大学生活だ！（ですか！）』

俺と椎名姉妹が一斉《いっせい》にツッコむ。が、二人は自分達が何を指摘《してき》されているのか分からないとでも言いたげな困り顔で返してきた。

「私と知弦は普通に国作りしているだけだけれど？」

「ええ。少なくとも深夏みたいにファンタジーなことしているわけじゃないわ」

「せめてファンタジーであって欲しかった！　が、ガチで国作りしてるんスか!?」

俺の問いかけに、会長が頷《うなず》いて返してくる。

「うむ、もう国歌や国旗は出来てるよ！　あと足りないのは国民と国土と予算だけ！」

「何もないに等しい！」

「あら、何を言っているのかしらキー君。アカちゃんと私という危険思想二人が揃えば、それはもう――立派な要注意団体よ！」

「何を誇《ほこ》らしげに言っているんだ貴女《あなた》は！」

なんか大学生になった二人を「大人びた」なんて思っていた俺が馬鹿みたいだ。確かに成長はしていたけれど、思っていた方向性と違った。まさか学園の長から国の長へのクラスチェンジをはかっていたとは。

呆れる俺達を尻目《しりめ》に、二人はなにやらキャッキャとはしゃぎ始める。

「そうそう、知弦、この前話し合った『サクラ王国憲法第三十六条』だけれど、あれ、『菓子《かし》類』と表記していたところをやっぱり『おやつ』に変更《へんこう》で！」

「了解したわアカちゃん。確かにその方が解釈《かいしゃく》に幅《はば》が出ていいわね」

「バナナも含められるからね！」

「ああ、私からも一ついいかしら。第十二条で『戦争は絶対しない』と高らかに宣言してしまったけれど、あれ、やっぱり『戦争は極力しない』に変えておいていいかしら」

「あ、その辺は興味ないから知弦の好きにしていいよー」

「うふふ、ありがとね、アカちゃん……」

会長の回答を受け、目を暗く輝《かがや》かせながらなにやら書類を破り捨てる知弦さん。

俺と椎名姉妹はそんな二人の様子を眺《なが》め、顔に汗《あせ》をだくだく掻《か》きながら……同じ事を考えていた。

『(これ、希代の独裁軍事国家が出来るヤツやで!)』

相変わらずの無駄《むだ》関西弁だが、今はそんなことを言っている場合ではない。

会長だけならまだしも、知弦さんが本気出すと割と洒落《しゃれ》にならない予感がするため、俺達はそれぞれに二人を説得しにかかった。

まずは深夏が、かたい笑みを浮《う》かべながら会長へと切り出す。

「か、会長さん? その『国作り』って、その、本気でやろうと……してんのか?」

「え? なにかな、サクラ王国軍元帥《げんすい》、椎名深夏殿《どの》」

「なんかあたし、勝手に元帥に抜擢《ばってき》されてる!?」

「え? だってだって、知弦が『我が国の軍事は、当面深夏一人抱《かか》えておけば概《おおむ》ね問題なし』って言うから……」

会長のその言葉に、思わず頷いてしまう俺と真冬ちゃん。確かに……宇宙から戦闘《せんとう》民族が襲来《しゅうらい》しない限りは、とりあえず深夏一人抱えておけば軍事方面は安泰《あんたい》だろう。流石《さすが》は知弦さん、名采配《さいはい》である。

が、問題は深夏当人の意思だ。彼女は当然ながら会長に強く反発する。

「あたしは、明らかに悪党側たる侵略《しんりゃく》型独裁国家に与《くみ》する気なんざ、サラサラ――」

「ちなみに我が国の国立図書館には、まず始めにジャ○プのバックナンバーを全て揃えようと思っている！」

「ふ、負けたよ会長さん——いや、我が王よ」

『いやいやいやいやいやいや！』

慌《あわ》てて深夏を引き止めにかかる俺と真冬ちゃん。が、深夏は俺達に切なげな笑みを見せると「すまねぇな」と謝罪してきた。

「ここまで理想的な国家像を提示されちゃあ——家族を敵に回しても悔《く》いはねぇぜ」

『なんて安あがりな忠誠心！』

「ばっ、お前ら、ジ○ンプのバックナンバー全部だぞ⁉　金には代えられねぇっての！」

「いや割と代えられる気がするけれど⁉」

俺はそうツッコむも、最早《もはや》深夏は聞く耳を持たないようだった。彼女はおもむろに立ち上がると、会長と知弦さんの間へと行き、三人、どこからか取り出してきたおちょこでサイダーを飲み始める。こ、これは……。

「な、なんか真冬達の目の前で今、桃園《とうえん》の誓《ちか》い的なことが行われていますです……！」

「あの調子で勢力拡大されたら、マジでやばい国になるぞサクラ王国……！」

少なくとも深夏が取り込まれた時点で、既《すで》に軍事力は世界トップクラスだ。そこに会長の横暴さと知弦さんの権謀術数《けんぼうじゅつすう》が加わっているのだから……。

真冬ちゃんが三人の桃園……ならぬ「学園の誓い」を眺めながら、ごくりと唾《つば》を飲み込む。

「今、もしかして真冬達は、世界の終わりの始まりを目撃《もくげき》しているのでは……」

「……た、確かに。こうなったら……真冬ちゃん」

「は、はいです」

俺達は目を見合わせて頷き合うと。

この悪魔《あくま》的王国誕生に際し、せめて、今の俺達なりに出来る事を——

「俺も王国に加えてください、会長——いや我らが王よ！」

「ま、真冬も！　真冬にも是非《ぜひ》、早期加入に付随《ふずい》した出来るだけ高い地位の保証を！」

——この勝ち組的王国に早い段階で取り入ることにしたのだった！

手を擦《こす》りながら下卑《げび》た笑みを浮かべる俺達に、若干《じやっかん》引いた表情を見せる三人。

……このままではまずい。そう察した俺と真冬ちゃんは、積極的にぐいぐいと自分達のアピールポイントを売り込んでいく。

「お、俺がいれば、美少女の勧誘《かんゆう》や小説によるプロパガンダもお手のものですよ！」

「ま、真冬がいれば、インドア層の支持を集める的確なアドバイスが出来るかと！」

そんな俺達二人の売り込みに。

会長と知弦さん、そして深夏は三人、目を見合わせた後……同時に答えてきた。

『いえ結構です』

『いえ結構です⁉』

まさかの移民受け入れ拒否《きよひ》に目を剝《む》く俺と真冬ちゃん。と、深夏が苦笑交じりに説明してきた。

「いや、なんか鍵と真冬って……味方につけるメリットより、デメリットの方が大きそうじゃね？」

『なんて酷《ひど》いことを！』

憤慨《ふんがい》する俺と真冬ちゃん。しかし無情にも会長や知弦さんも完全に深夏と同意見らしく、うんうんと深く頷いていた。

「（……いやそれ言い出したら、そこのお子様国王が一番要《い》らないんじゃ……？）」

俺も真冬ちゃんもそう思ったものの、口には出さないでおく。

と、そうこうしていると会長が「それに」と拒否理由を続けてきた。

「杉崎達いなくても、もう大学で国民の頭数は結構増やしたしね」

「え、さっきは足りないって……」

「あ、『真の国民』はまだまだ足りないよ？　ただ私が招集かけた際に、丁度暇《ひま》なら体育館とかに集まって、『くりむ様、ばんざーい！』ってやってくれると約束を取り付けた人間は……もう千人以上いるんだよ！」

「なるほど『サクラ王国』の名に恥《は》じない活動実績ですね！」

実に残念な国名の由来が判明してしまった。字面《じづら》は結構カッコイイのに……！

俺と真冬ちゃんが唸《うな》っていると、知弦さんが纏《まと》めてくる。

「そういうわけだから、私達は今、国民を無闇《むやみ》に増やしたい時期ではないのよ」

「む、無闇にって……俺と真冬ちゃんぐらい、入れてくれても……」

「いやよ。成功した時に取り分減るじゃない」

『ぐ……！』

読まれてた！　俺と真冬ちゃんの「とりあえず勝ち馬に乗っておく戦略」が、完全に！

俺と真冬ちゃんはがっくりと項垂《うなだ》れた後、せめてもの負け惜《お》しみを彼女らに叩《たた》きつける。

「頼《たよ》れる男手が後で欲しくなったって、知らないんですからね！」

「参謀《さんぼう》的役割が紅葉先輩《せんぱい》だけだなんて、酷い国になっても知りませんですからね！」

そんな俺達を、なにやら、憐《あわ》れむように見つめてくる会長。彼女はなにやら気まずそうに頬《ほお》を掻きながら、説明してくる。

「えっと……なんか勘違《かんちが》いしているみたいだけれど、私と知弦と深夏以外にも、『真の国民』は既に何人かはいるからね？　杉崎達より有能なの」

『えええええええええええええええ!?』

泣きっ面に蜂《はち》とはまさにこのこと。愕然《がくぜん》とする俺と真冬ちゃんに、会長は無邪気《むじゃき》に指折りしながら続けて来る。

「えっとねぇ、まず林檎《りんご》ちゃんと、松原飛鳥《まつばらあすか》さんと、杉崎の元クラスメイトの宇宙姉弟《うちゅうきょうだい》に、今年うちの大学に入ってきた中目黒善樹《よしき》君でしょ……」

「ええ!?　ちょ、俺の周囲既にほぼほぼ『サクラ王国民』じゃないですか！」

「あとは……そうそう、真冬ちゃん以外の元一年C組の皆《みな》さん」

「まさかの真冬だけハブです！　こ、これには明確な悪意を感じますですよ！」

「あ、なんかスポンサーには《企業《きぎょう》》とかいうよく分からない会社がついてくれたし」

「ちょ、今サラリと何いいました貴女!?」

「あとは、真儀瑠先生と、その伝手《つて》で一流霊《れい》能力者さん数名」

「まさかのオカルト方面までカバーしてますですっ、サクラ王国！」

「あと……ああ、知弦と旅行している時に知り合った小学生兄弟。……あれ、片方は今中学生だったかな？　まぁとにかくそんな年代の男子二名」

「いやなんか超テキトーに国民増やしているじゃないですか！　だったら俺も——」

「え、杉崎も、世界救済経験あるの？」

「なんですかその審査《しんさ》基準！　え、その小学生兄弟はあったんスか⁉　世界救済経験！」

「うん。なんか『結果的に世界救ってみた』ことはあるって」

「そんなユーチ○ーバー的ノリで⁉　いや絶対ホラ話じゃないッスか！」

「でも兄の方は知弦にチェスで勝ったし、弟の方は素手で核《かく》シェルターを割ってたよ」

「逸材《いつざい》にも程があった！　いやそれ以上に後半の事態に至る過程を詳《くわ》しく！」

「大したことじゃないよ。ただ私が核シェルターに閉じ込められただけで。てへり」

「あんた旅行先でなにしてんだ！」

「ま、まぁそれはいいじゃない。えっと、あと他に誰《だれ》いたっけな、サクラ王国民……」

「いやもういいッス……」

　これ以上聞いても落ち込むだけだ。

　俺と真冬ちゃんがすっかり凹《へこ》んでいると、流石に知弦さんがフォローを入れてくれた。

「ま、まぁ、そうは言ってもただのサークル活動だから、気にしないで、二人とも」

『はぁ……』

まぁ、実際国民に選ばれたとて、彼女達の大学から離《はな》れて暮らしている俺や真冬ちゃんに出来ることもあまりないだろうから、いいっちゃいいんだけど。いいんだけどさ……。

俺達がそれでもふて腐《くさ》れていると、その様子を見ていた会長が、なにやらやれやれと肩《かた》を竦《すく》めて切り出して来た。

「杉崎や真冬ちゃんは、私の国作りに協力するより、自分の国作りしたい人でしょ？」

『え？』

その言葉にハッとして顔を上げる俺達。と、気付けば知弦さんや深夏もまた、俺達二人を微笑《ほほえ》んで見つめてくれていた。

「私はアカちゃんのサポートそれ自体が夢や目的みたいなものだしね」

「あたしは会長さんに限らず、助けを請《こ》われたら動くのが信条だし好きだからな」

二人の言葉を受け、会長が更《さら》に続けてくる。

「でも杉崎と真冬ちゃんは、なんか、そういうんじゃないじゃん。私と同じかそれ以上に、『自分の理想』がある二人だもん。だけど同時に、私がお願いしたら……きっと私のために心から一生懸命《いっしょうけんめい》になってくれる、凄《すご》く優しい友達でも、あるでしょ？」

「会長さん……」

真冬ちゃんが潤《うる》んだ瞳《ひとみ》で会長を見つめる。俺もまた感銘《かんめい》を受け涙《なみだ》を流しかけてしまうも、そこをどうにかぐっと堪《こら》えると……その場で思い切り立ち上がり、宣言した！

「分かりました会長！　俺は……俺達は『サクラ王国』に負けないぐらい立派な自分達の野望を叶《かな》え、その上で、改めて貴女《あなた》達と同じテーブルについてみせます！　なぁ、真冬ちゃん！」

「はいです！　自分も、頑張《がんば》りますですよぉー！」

瞳にメラメラと闘志《とうし》を燃やしながら立ち上がる真冬ちゃん。俺は彼女の元まで移動すると、二人、腕《うで》をガッシと組んで未来の成功を約束し合う。

……まぁ、視界の端《はし》にはなにやら他の三人がほっと胸をなで下ろしているような様子が捉《とら》えられていたものの、知ったこっちゃない。今の俺の胸の中は、サクラ王国に負けないハーレム王国のビジョンで一杯《いっぱい》だった。ちなみに正面から覗《のぞ》き込んだ真冬ちゃんの瞳の中では俺と中目黒と守《まもる》が上半身裸《じょうはんしんはだか》でくっついていたので、彼女が何王国を夢見ているのかは聞かないでおくことにした。……うん。

さて、そんな王国のくだりが終わって一旦《いったん》落ち着いたところで、会長が咳払《せきばら》いをした後改めて会話を仕切り直してきた。

「さて、これで生徒会役員皆《みんな》の『近況報告《きんきょう》』は概《おおむ》ね終わったわけだけれど……」

そう言って窓の外を眺《なが》める会長。気付けば生徒会室には赤い夕陽が差し込み、グラウンドでは運動部が撤収《てっしゅう》の準備を始めていた。

『………』

本当にあの頃《ころ》の放課後に戻《もど》ったかのような情景に、五人、しばし無言で時を堪能《たんのう》する。

……どれくらい、そうしていたろうか。

どっぷりと郷愁《きょうしゅう》に囚《とら》われかけていた元生徒会役員の中から真っ先に動き出したのは、やはり――他ならぬ、会長だった。

「ほらほら、やることやったんだし、ちゃちゃっと終わるよ、会議！　終わり終わりー」

そう言って本当に帰り支度《じたく》を始めようとする会長に、俺は思わず不満の声をあげてしまう。

「いや、そんな、まるで高校時代の一会議みたいに……」

折角一年半ぶりに、この面子《めんつ》で碧陽学園生徒会室に集まったというのに。そんな駄々《だだ》っ子じみた感情を思わずぶつけてしまった俺に、会長は――まるで全てを包み込むような笑顔で、応じてきた。

「うん、そうだよ。だってこうして皆で楽しくお喋《しゃべ》りするのは、今日が《特別》でも、ま

してや《最後》なんかでも絶対ない。これからもきっと何度だって訪れる――私達の《日常》の一幕、なんだからさ」

『…………』

その会長の言葉に……夕陽を背にした大人びた笑顔に。俺達は息を呑《の》み、そして……次の瞬間《しゅんかん》には彼女の言葉を受け入れ、その要望通り「いつもの」生徒会に戻って笑顔を見せ合った。

「だな。会長さんの言う通りだぜ。っつーか、この生徒会は何度『お別れ』的空気出せば気が済むんだよ。いい加減、それも含《ふく》めて日常化してきたぜ……」

「お姉ちゃんの言う通りです。というか今思えば会長さん達の卒業式でさえ、全然真冬達の生徒会の『最後』ではなかったですしね」

「そうなのよね。アカちゃんと大学で毎日顔合わせているのは勿論《もちろん》、皆とも高頻度《ひんど》で連絡《れんらく》取り合うから、全然終わった感ないのよね、生徒会」

「ま、まぁ、とはいえ、碧陽学園生徒会室に集まる機会はそうないわけで……」

俺はそう多少なりとも自分達の切なさを擁護《ようご》するも、しかし会長がキョトンとした顔で台無しなことを言い放ってきた。

「いや、西園寺さんを筆頭になんだかんだまだ結構碧陽学園の関係者知り合いいるんだから、やろうと思えばまた全然出来ると思うけれど……」

「しーっ！　駄目《だめ》でしょそんなこと言っちゃ！　俺がこのくだりを小説に仕上げる時、読者に対して切なさを盛れなくなっちゃうでしょうが！」

「その発言こそ、むしろ全部を台無しにしているんじゃ、杉崎……」

「うぐ……！」

会長のツッコミでダメージを受ける俺。皆が帰り支度を始める中、俺は思わず……最近のクセで、会長へと言い返してしまった。

「元々こんな話になったのは、くりむのせいでしょうよ！」

瞬間、ピタリと止まる——生徒会役員達の動き。俺とくり——会長が失敗に気付いた時には、もう、遅《おそ》かった。

『……くりむ？』

帰り支度を中断し、目を暗く輝《かがや》かせながら俺と会長を見つめてくる、鬼女《きじょ》三名。

『あは……は……』

俺と会長は空笑いで誤魔化《ごまか》し、帰り支度を継続《けいぞく》しようとするも——俺は深夏に、会長は知弦さんに「まあ待て」と肩に手を置かれ、強制的に着席させられる。

そして——

「先輩《せんぱい》、会長さん。……どうやら真冬達にはもう少し話し合わなければいけない『近況』が、あるみたいですねぇ？」

『ひぃっ⁉』

これまで見たこともないほどのドス黒いオーラを漂《ただよ》わせながら質問してくる後輩《こうはい》女子。ごくりと唾《つば》を飲み込む、俺と会長。そうして、真冬ちゃんのみならず、三方から圧倒《あっとう》的な圧がかかる中。

それらに耐《た》えきれず、遂《つい》には最低の悪手《あくしゅ》で打って出たのもまた——会長だった！

「そ、そんな名前呼びのことなんかより、もっと先に……えっと、冬に知弦が杉崎と二人で『お泊《と》まり』したことを、私は片付けるべきだと思うなっ！」

『なっ——』

今度は会長以外の四名が動揺《どうよう》する番だった。突然矛先《とつぜんほこさき》を変えてどういうことかと迫《せま》ってくる椎名姉妹に、これまた動揺した知弦さんが……らしくない悪手で切り返す！

「わ、私はただ、その……『予約』を履行《りこう》しようと……！」

『はぁ⁉』

「そ、そんなことより、貴女達はどうなのかしら!? 聞いたわよ！ 前回の春休みにキー君のこと……遂に『正式』にご両親へ紹介《しょうかい》なさったそうね!?」

『そ、それは……！』

「ちょ、なにそれ、どゆこと!?」

今度は椎名姉妹が赤面し、会長が机を叩《たた》く番だった。

そうして、女性達による熾烈《しれつ》な口論へと突入《とつにゅう》していく生徒会室の中……俺は思わず窓の外を眺め、夕闇《ゆうやみ》に染まりゆく空の中に、小さな瞬《またた》く一番星を見つけると。

一人、先程とは真逆のことを——真摯《しんし》に願い始めるのだった。


「(早く終わんねぇかなっ、生徒会！)」


私立碧陽学園生徒会。

そこで繰《く》り広げられる喧噪《けんそう》は、これからもまだまだ、終わりそうにない。

私立碧陽学園生徒会

Hekiyoh School student council

あとがき2

　またお会いしましたね。どうも、しつこさに定評のある葵《あおい》せきなです。

　さて、実はこれを書いている現在、前のあとがきから約二年の歳月が経過していたりします。一冊内で二歳違《ちが》いの葵せきなが楽しめるのは、この「生徒会の周年」だけ！

　しかしこの二年で私に起きた変化など何も……あ、一人称《いちにんしょう》でも変えましょうか！

　さて、ここからはこの「わし」が、残りの短編解説もしてやろうかの。ほっほ！

　……………。

　あの、やっぱり元に戻《もど》させて下さい。すいません。なんか辛《つら》かったです、自分。


【永続する生徒会】

　これは前回のあとがきが収録された冊子「生徒会の復活」が付録だったドラマガの、本誌の方に書き下ろしていた短編ですね。未来のことを語る回ですが、どちらかというと読者さん達の住む実時間の経過の方がネタになっております。当時は当時なりの最新ネタだったはずですが、今見るとまた再び懐《なつ》かしいという、なんだか不思議な回ですね。

【決着する生徒会】

周年企画《き かく》の一環《いっかん》として、今年（二〇一八年）の初めにドラマガに書き下ろされた話です。こういう復活の際、毎回どうしても後日談的ネタになりがちなので、一度原点に戻って、シンプルに「生徒会の一存らしい話」を書いてみました。懐かしかったです。


【続く生徒会】

今回の書き下ろしです。「永続～」が実時間の経過をネタにしていたのに対し、こちらは役員達の時間の経過を題材にしています。特に杉崎《すぎさき》の卒業後の話なんかは初めてですね。またこの話には、ちょろちょろと私の別作品の小ネタが入っております。もし目障りでしたら申し訳ございません。軽いお祭りの場ということで、何卒《なにとぞ》ご容赦《ようしゃ》頂けたらと！


そんな感じで、短編解説でした。そして、今回のあとがきはなんと三ページ！　短い！　短いよ！　なにこの配分！　ま、まあなんにせよ、ここからは謝辞をば。

まずイラストレーターの狗神煌《いぬがみきら》さん。前回のあとがきで「またご一緒《いっしょ》出来たら」的なことを書きましたが、早くもその願いが叶《かな》ってしまいました。役員達の新規イラスト、実に感無量の思いで拝見させて頂きました。本当にありがとうございました。

次に担当さん＆編集部の方々。この度は数年越《ご》しのシリーズ復活という機会を与《あた》えて下さり、ありがとうございました。またふと思い出した時に召喚《しょうかん》してやって下さい。

最後に、読者の皆様《みなさま》。

前のあとがきでも書きましたが、皆様のおかげで生徒会はこうして復活や続刊の機会に恵《めぐ》まれる大変に幸せなシリーズになりました。本当にありがとうございました。

またこうして彼らの日常を描《えが》く機会に恵まれるかどうかは分かりませんが、一つだけ確約出来ることがあるとすれば、今後も彼らの人生は、どこをどう切り取ったところで、金《きん》太郎飴《たろうあめ》の如《ごと》く「笑顔」が現れるということです、そこだけは、ご安心頂けたらと！

それでは今一度、いつかどこかで皆様と素晴らしい再会が果たせることを祈《いの》りつつ。

葵　せきな

初出

綺麗な生徒会
アニメ1期 Blu-rayBox 特典小説

番外編反省会
ゲーマーズ特典小冊子

旅路
「生徒会の土産」初回生産限定カバー裏SS

続・邂逅する生徒会 ～禁断のラスボス対決～
「生徒会の一存」完結＆「ぼくのゆうしゃ」開幕記念ブックレット

蘇る生徒会
ファンタジア文庫 25周年公式同人誌

雨野景太と放課後特典
「ゲーマーズ！」1巻特典小冊子

永続する生徒会
ドラゴンマガジン2016年9月号

決着する生徒会
ドラゴンマガジン 2018年3月号 ドラゴンマガジン 30thクロニクル

続く生徒会
書き下ろし

富士見ファンタジア文庫

生徒会《せいとかい》の周年《しゆうねん》

碧陽学園生徒会黙示録《へきようがくえんせいとかいもくしろく》9

平成30年7月20日　初版発行

著者——葵《あおい》せきな

発行者——三坂泰二

発　行——株式会社KADOKAWA
〒102-8177
東京都千代田区富士見2-13-3
0570-002-301（ナビダイヤル）

印刷所——暁印刷

製本所——BBC

本書の無断複製（コピー、スキャン、デジタル化等）並びに無断複製物の譲渡および配信は、著作権法上での例外を除き禁じられています。また、本書を代行業者などの第三者に依頼して複製する行為は、たとえ個人や家庭内での利用であっても一切認められておりません。

※定価はカバーに表示してあります。
KADOKAWA　カスタマーサポート
［電話］0570-002-301（土日祝日を除く11時～17時）
［WEB］https://www.kadokawa.co.jp/（「お問い合わせ」へお進みください）
※製造不良品につきましては上記窓口にて承ります。
※記述・収録内容を超えるご質問にはお答えできない場合があります。
※サポートは日本国内に限らせていただきます。

ISBN978-4-04-072762-2 C0193

©Sekina Aoi, Kira Inugami 2018
Printed in Japan

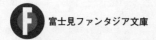

第32回
切り拓け！キミだけの王道
ファンタジア大賞
原稿募集中!
あなたの小説でドキドキさせてね？
〈大賞〉300万円
〈金賞〉50万円 〈銀賞〉30万円
〈前期〉締め切り
2018年8月末日
選考委員
葵せきな「ゲーマーズ!」
×
石踏一榮「ハイスクールD×D」
×
橘公司「デート・ア・ライブ」
×
ファンタジア文庫編集長
応募の詳細は大賞WEBサイトにて！
https://www.fantasiataisho.com/
イラスト：みやま零